김철우

부산 출생.

대학에서 문예창작과 문헌정보학을 공부했다.
도서관에서 오랜 시간 사서로 일했다.
책과 사람의 조용한 연결을 지켜보았다.
세계는 흩어진 점들이 아니라,
연결된 하나의 이야기라고…….
현재는 그 연결의 흔적을 따라 나아가고 있으며,
그것의 증명을 위해 소설을 쓰고 있다.
지금, 연결되어 있다.

김철우

눈물채집자

김철우 소설

눈물 개집가

책나무과무

차례

아침

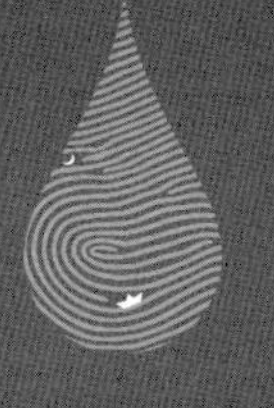

B

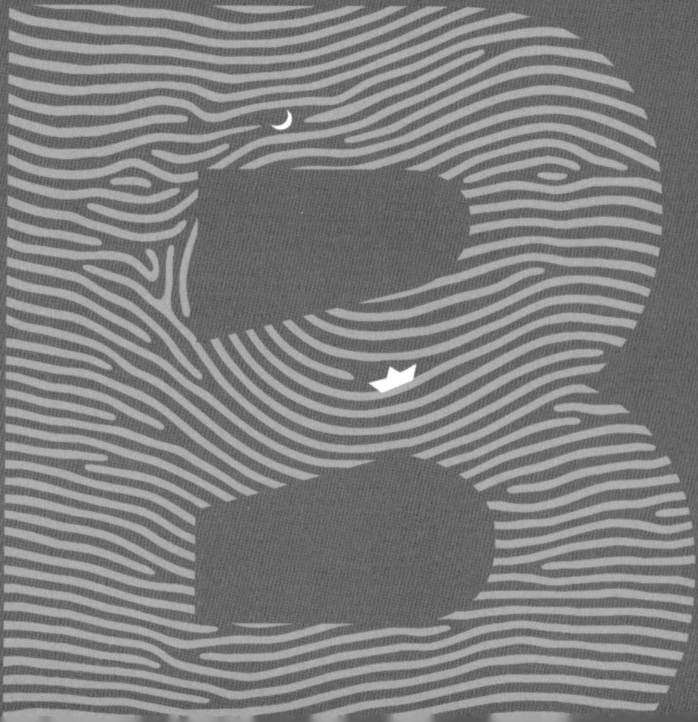

B

사표를 쓰는 중이다.

사표라고는 하지만, 이곳에서 퇴사는 단순한 이탈이 아니다. 보통의 다른 직장에서는 진의의 사표 하나만 내면 바로 문을 나설 수 있다. 도의적인 차원에서 인수인계 기간을 조금 고려해 퇴사할 수도 있겠지만, 어쨌든 본인 의지에 따라 바로 직장을 그만둘 수 있는 것이다. 하지만, 이곳은 '심사'라는 단계가 있어 사표를 내고 결과를 기다려야 한다. 마치 저 문을 나서 새로운 세계에 들어갈 자격이 있는지를 판단 받는 것처럼. 이 일을 시작하는 것도 확률적으로는 천만 분의 일 정도라고는 하지만, 그동안 퇴사를 허락받은 자는 서른 명도 채 되지 않았다. 창립 100년도 훨씬 넘은 회사라는 점을 감안하면, 시작보다 그만두는 일이 훨씬 더 어려운 일인지도 모른다. 시작은 선택일 수 있으나 그 끝은 허락이다.

이토록 불공정한 근로계약이 성립될 수 있었던 것은, 이 조직의 시스템이 처음부터 그렇게 설계되어 있었기 때문이다. 나는 열두 번의 서명을 통해 계약서에서 말하고 있는 그 세계의 구조에 동의했고, 그 계약서는 나를 감싸는 투명한 벽이 되었다. 계약서에 서명할 때마다 사용자 측은 수차례 고지했었다. 아무리 두꺼운 얼굴을 하고 있더라도 이제 와서 부당한 거래라고 주장할 수는 없다.

내 방에는 직사각형이 옆으로 누운 크지 않은 창이 하나 있다. 밖에는 몇 시간째 눈이 내리고 있다. 살짝 열어둔 창문 틈으로 불어오는 바람은 차갑다는 느낌보다 상쾌하다는 느낌이 들었다. 눈송이들은 무모하리만큼 창문을 향해 몸을 던지고 있었다. 무슨 목숨이 몇 개나 되는 온라

인 게임 캐릭터처럼 말이다. 일부는 열어둔 창
문 틈으로 들어왔다. 그러나 대부분은 창문 아
래 가장자리에서부터 점점 차올라 이제는 창문
자체를 하얗게 칠하기라도 하려는 듯, 아니면
창밖에 보이는 풍경을 지우기라도 하려는 듯 속
도는 느리지만 기세는 매섭다. 가만히 보고 있
으니 어쩌면 눈송이들이 이쪽 편으로 들어오는
것이 목표인지도 모를 일이었다. 창문 틈을 통
과한 몇 개의 눈송이들은 창틀에 닿는 동시에
녹아서 원래 자신의 모습인 투명한 액체로 돌아
갔다. 사실은 그것도 잠시였고, 결국에는 창틀
에 얼룩으로 남아 우리 세계에 스며든 것인지
사라진 것인지 했다. 누구나 다 아는 사실이 특
별하게 다가오는 것을 느꼈다. 눈과 비의 본질
은 같은데 하얗기도 하고 투명하기도 했다. 영
원히 실제를 볼 수가 없을 것만 같다는 생각이
들었다. 빨리 현실로 돌아와야 했다. 창문을 조
금 더 열었다. 나는 다시 사직서 쓰기에 집중했다.

존경하는 위원장님,

　　　　　　　　　　　　　눈물채집자

저는 230715구역 컬렉터 10년 차 B입니다.

10년이라는 근속 연수가 심사위원들의 판단
에 있어 어떤 작용이 있을지 확신이 서지 않았
다. 유불리를 따지기 어려웠다. '10년 차'라는
부분은 삭제했다.

존경하는 위원장님,
저는 230715구역 컬렉터 B입니다.
저는 일을 그만두어야 할 개인 사정으로
계약 철회를 신청합니다.
최근 SW14를 채집하면서 느꼈던 것으로
이 고통스러운 작업을 더 이상 할 수 없다고
확신하게 되었습니다.
자세한 사항은 붙임 파일을
참고하시기 바랍니다.

우리가 채집하는 'SW14'는 눈물이다.
나는 눈물을 채집하는 사람이다.
직업명은 'SW14 컬렉터'. 우리는 서로를 '컬

렉터'라 부른다. 현재 우리나라에는 7명의 컬렉터만이 활동하고 있다. 컬렉터는 기자처럼 '슬픔의 현장'에 도착한다. 대상자를 찾아 인터뷰를 진행하는 방식은 기자와 다르지 않지만, 다른 것은 우리는 어떤 기록도 남기지 않는다. 녹취도, 촬영도, 메모도 없다. 오직 슬픔과 고통을 왜곡 없이 비출 공감의 거울만 준비하면 되었다.

'슬픔의 현장'에서의 인터뷰는 그렇게 진행된다. 대상자의 감정이 내면 깊숙한 거울에 그대로 비치는 순간, 내 안에서는 눈물이 흘러나온다. 사실은 내 것이 아닌 그들의 그것이다. 보이지 않는 감정이 물질로 변한, 그 눈물을 특별한 반지에 저장하게 된다. 특별한 반지는 그 눈물을 받아들이는 순간, 코발트 색으로 한 번 빛이 난다. 그 빛은 슬픔이 온전히 저장되었음을 알리는 신호다.

이것이 우리가 눈물을 채집하는 방식이었다.

그런데 8개월 전, 한 슬픔의 현장에서 눈물을 채집하고 돌아온 이후 나는 아무것도 할 수가

　　　　　눈물채집자

없었다. 그 슬픔의 잔상과 무게는 8개월이 지난 지금도 예고 없이 찾아오고 반지는 그때마다 코발트색으로 빛나곤 했다. 그것은 작용과 반작용에 의한 것이 아니었다. 이를테면 영화에 삽입된 OST의 멜로디와 가사가 문득 가슴 한구석을 꾹 눌러 그곳에 고인 슬픔이 눈으로 쏟아져 나오는, 그런 작용과 반작용의 질서가 아니었다. 그냥, 말 그대로 시도 때도 없이 찾아오는 슬픔이었다. 굳이 다른 슬픔 현장을 섭외할 필요가 없어져 버렸다. 일상이 사라져 버렸기에 더 이상 이 일을 계속할 수 없다고 판단한 것이었다. 반지는 여전히 빛나지만, 나는 더 이상 슬픔을 채집하지 않았다.

계약을 철회하는 요청서에는 입증해야 할 내용이 많아 부속서류가 많았다. 나는 정성스럽게 붙임 파일들 속 양식의 빈칸들을 채워 나갔다. 첫 번째 붙임 파일의 양식은 주로 실적들을 정리하게 되어 있었는데 기억이 나지 않는 부분은 'SW14 채집 연차별 성과 보고서'를 참고하기도 했다.

그 순간 '키퍼' W에게서 전화가 왔다.

"지금 뭐 해?"

'키퍼'들은 우리 컬렉터들이 채집한 눈물을 저장하고, 보관하는 일을 하고 있다. 단순히 축적의 의무만 있는 것이 아니라 눈물을 바다로 보내는 과업까지의 프로세스를 맡고 있다. 거기에 바다의 염도가 일정하게 유지될 수 있도록 컬렉터들에게 목표량을 설정해 주는 역할도 함께 수행하고 있다. 바다의 염도를 유지하는 것이 바로 눈물이다. 그래서 우리 기관의 구성원들은 소금을 '마른 눈물'이라고 표현하기도 했다.

눈물의 성분은 인간의 감정 상태에 따라 다르게 구성된다. 이를테면 분노가 섞인 슬픔의 눈물에는 수분이 적고 염화나트륨의 농도가 짙어 짠맛이 더 진하다. 일반적인 슬픔의 눈물은 산성도가 높게 나타나, 흘러내릴 때는 피부를 자극하기도 한다. 반면, 기쁨이나 환희로부터 나오는 눈물에는 놀랍게도 약간의 단맛도 있다. 올림픽이 열리는 해, 생산된 천일염에서 단맛

 눈물채집자

이 도는 이유가 그 때문이다. 또한 감정이 폭발해 흘린 눈물에는 스트레스 호르몬인 에피네프린과 노르에피네프린이 더 많이 함유되어 있다. 우리가 폭풍 눈물을 흘리고 난 뒤에 조금 안정을 찾게 되는 이유도 스트레스 호르몬이 배출되었기 때문이다.

"나 이제 이 일 그만둘까 해. 계약철회요청서 쓰는 중이야."

"그게 무슨 소리야?"

"내가 지난 8개월을 어떻게 보냈는지 알지? 이제는 다른 일을 하면서 당신과 함께 행복하게 살고 싶어."

"그럼 나는?"

"당신은 키퍼 일을 계속하면 돼."

"나 혼자 이 일을 하는 게 무슨 의미가 있어! 당신 없이 나 혼자 이 일을 하는 게 무슨 의미가 있냐고!"

키퍼 W는 나의 오래된 연인이었고, 나는 조만간 그녀에게 청혼할 계획이었다. 어쩌면 '키퍼'들이 '컬렉터'들의 고통을 온전하게 이해할 수 있으리라는 기대는, 처음부터 잘못된 것일지도 모르겠다. 특히 W는 더 그럴 수도 있을 것 같았다.

*

언젠가 우리가 '본부'라고 부르는, W가 일하는 곳을 방문한 적이 있었다.

본부는 비밀 유지와 보안을 이유로 주기적으로 위치를 옮겼지만, 사무실 내부에는 항상 동일하게 구축된 특별한 공간이 하나 있었다. 우리가 SW14 타워라고 부르는, 실제 눈물의 저장 공간이 바로 그것이다. 은행 금고를 연상시키는 빛나는 은빛 문을 열고 들어가면, SW14 타워가 있는 공간이 나타난다. 이 공간은 산화 방지를 위해 문과 내부가 모두 백금으로 도금되어 있었다.

"이 문은 우리 키퍼들의 반지로만 개폐가 가능해!"

그러고 보면 은빛 문에는 어떠한 손잡이도 보이지 않았다. 문을 통과하면, 백금으로 만들어진 공간에 어떤 물질도 존재하지 않는 것 같았

     눈물채집자

다. 존재를 허락하지 않는 공간 같았다. 현실 세계에서 분리된 듯, 존재의 경계가 흐려지고 내 숨소리도 이질적으로 느껴졌다.

'이곳이 눈물의 저장소! 슬픔이 채집된 결과물!'

색깔도 없었고, 향기도 없었다. 암흑 속에서는 아무것도 느낄 수가 없을 테지만, 너무 밝은 곳에서도 감각은 마찬가지인 듯했다. 마치 동공이 축소되고 그 연쇄작용으로 모든 신경이 같이 쪼그라드는 것 같았다.

'진공의 상태가 그러했을까? 우주의 촉감이 이럴까?'

이곳에는 주사제가 들어가 있는 투명한 앰플을 닮은 SW14 타워가 정중앙에 자리 잡고 있다. 폭은 약 30센티미터, 높이는 2미터 정도로 보였고, 타워에는 3분의 2 정도가 SW14로 채워져 있었다. 형광의 코발트 빛이 돌고 있다. 채워진 눈물은 파도처럼 출렁이고 있었다.

"내가 채집한 눈물이 여기에 쌓이는 거군. 그런데 어떻게 이곳으로 이동이 되는 거지?"

"교육 시간에 뭐 했어? 텔레포테이션(telepor

-tation) 기술로 이동된다고 했잖아. 영화 〈스타트랙〉인가? 거기 보면 어떤 장치를 통해 사람들을 먼 장소까지 순간 이동하게 해주잖아. 그런 순간 이동으로 이곳에 저장되는 거지.”

“아, 기억나!”

“봐봐! 슬픔의 현장에서 채집된 딱 한 방울의 눈물이 이 타워에 순간 이동되는 거야. 딱 한 방울…. 슬픔에는 크기가 없는 거 같아. 모든 슬픔은 동일한 부피와 질량을 가지고 있다고나 할까.”

SW14 타워의 실체를 접견했던 그날은, 긴장된 탓인지 신경이 쪼그라든 탓인지 W의 말에 동의하기도, 부인하기도 참 어려웠던 시간으로 기억된다.

＊

“눈물을 채집하는 일이 이제는 말이야. 내 개인의 일상과 구분이 되질 않아. 두려워지고 있어. 다른 이들의 슬픔만 남고 내가 점점 없어지는 것 같아.”

"살아있는, 살아가는 모든 것은 그 비용을 이 세계에 지불해야 해. 자기도 마찬가지야. 살아있어서 그 대가를 이 세계에 지불해야 된다고. 그 어떤 생명도 예외는 없어."

W는 '기다리고 있어!'라며 소리를 지르고 전화를 끊었다.

'왜 이렇게 화가 났을까?'

사실, 그녀는 원래 화가 많은 사람이었다.

*

나는 W가 키퍼가 되기 전에 다녔던 회사에서 부적응자 같은 존재는 아닐까 하는 걱정을 많이 했었다. W가 속한 팀의 회식 자리를 함께한 적이 있었는데 그날 이후 그런 걱정은 사라졌다. 회사 동료들은 직급, 근속 연수, 나이 차이도 거의 없는 수평적인 위치의 사람들임에도 불구하고, 마치 그녀를 존경하는 듯한 말과 행동을 하는 것을 볼 수 있었다. 그녀는 직장에서 무례해 보일 정도로 생각을 자유롭게 표현하는 동료

였고, 그러한 그녀의 행동으로 근로환경이 상당 부분 개선되었다고 했다. 그녀에 대한 그런 평가는 구성원 간에 이견이 없어, 일반화가 가능하다는 것이 더 중요한 점이었다.

예를 들면 W의 회사에서는 매년 회사의 구성원들에게 복지혜택의 하나로 전문 검진센터의 건강검진을 제공하고 있었다. 국민건강보험공단의 검진보다는 항목과 방법 등이 매우 다양하게 진행되는 검진이었는데 이 혜택이 정규직에만 주어졌다.

'같은 공간에서 같은 일을 하는데 누구는 매년 비싸고 정밀한 건강검진을 받고, 누구는 2년에 한 번씩 국가에서 하는 건강검진을 받고, 왜 이런 거냐? 답을 아시는 분은 답을 달아달라!' 라고 회사 내 그룹웨어 게시판에 질문을 올렸다고 했었다. 게시글이 올라간 지 채 30분도 되지 않아 인사 팀장으로부터 연락이 왔고 그녀는 인사 팀장 방으로 들어갔다. 그리고 2시간 뒤에 다시 그녀는 그룹웨어 게시판에 글을 남겼다.

　　　　　　　　　　　　　눈물채집자

우리 마케팅전략팀에는 9명이 있는데요.

그중 5명은 건강검진 대상자가 아니에요.

그 이유는 관련 항목의 예산이 부족해서

부득이하게 정규직만을 대상으로 정밀 건강검진

이 진행된다고 합니다.

어떻게 생각하십니까?

저는 지난주에 이 사실을 알게 되었고,

며칠 전 점심시간에 팀원들에게 내일 건강검진 때

문에 출근하지 않는다고 이야기했습니다.

그런데 이 말을 하면서 불편했습니다.

이 불편함이 뭐지? 하면서 이유를 찾아보았습니다.

곰곰이 생각해 보니, 그 불편함은 '공평하지

않음'에서 비롯된 것이었습니다.

여러분들은 어떠세요? 제안합니다.

만약 저와 같은 불편함을 느끼신다면 예산을

확보하기 위한 노력을 같이하면 좋겠습니다.

각 팀별로, 분기별로 지급되는 판공비를

15%만 줄여도 우리 회사 모든 비정규직의

건강검진을 할 수 있습니다.

자세한 내용은 아래 표를 참고해 주세요.

그 후 부서별 회식의 횟수가 줄어들었고, 팀장과 부장을 제외한 회사의 구성원들이 느끼는 그 이상한 불편함은 회사에서 사라졌다고 했다. 건강검진 대상자 범위 확대로 비정규직 동료 중 위암을 비롯해서 초기에 암이 발견되어 완치된 사례도 몇 명 있었다고 했다. 그리고 그녀는 회사에서 지급하는 경조사비의 차별에 대해서도 입을 열었다. '슬픔이 직책에 따라 다르냐!'라며 또 문제를 제기했고, 그러한 그녀의 표현은 불공평한 경조사비 지급 규정을 개정하게 만들었다고 했다. 어쩌면 슬픔의 무게에 대한 W의 생각이 여기서부터였던지도 모르겠다.

＊

"기다리고 있어!"

그녀는 화가 많은 사람이지만, 소리를 지르며 전화를 끊은 이유가 무엇이었을까? 나와 함께 같은 조직에서 일을 하는 것에 이토록 큰 의미를 두고 있는지는 몰랐다. 집에 온다고 했으니

　　　　　　　　　　눈물채집자

그때 설득을 다시 하면 될 일이었다. 나는 전화 통화로 멈추었던 작업을 다시 진행했다.

세 번째 붙임 파일의 제목은 'SW14 채집 후의 스트레스 장애 현상'이었다. 이 부분에 대한 입증 자료와 내용 구성은 어렵지 않았다. 나는 8개월 전 채집 과정에 대해 매우 자세하게 기술했고, 그 이후의 채집된 눈물 성분과 눈물 누적량을 기초로 작성했다.

나는 8개월 전, 그 슬픔을 채집하고 난 뒤 완전히 달라졌다. 박물관에 전시되어 있던 이념의 벽과 같은 선명한 획이, 내 삶에 짙고 깊게 그어졌다. 그 선명한 획은 나를 '그 전'과 '그 후'로 나누었다. 업무는 단순한 개인의 과업이 아닌, 내가 가늠할 수 없는 세상의 중요한 한 부분처럼 느껴졌고, 슬픔 앞에서 내가 지녔던 태도는, 오만이었다는 걸 깨달았다.

세월이 지나면 슬픔은 점점 마르고, 정신세계는 더 이상 눈물에 젖을 일 없다고 믿었다. 그런데 그렇지가 않았다. 슬픔은 사라지거나 잊히는 것이 아니었다. 그림자처럼 자신의 발끝에

딱 붙어서, 빛을 비추는 반대편에 항상 존재하고 있었다. 어느 순간은 흐릿해지고 길어졌다가 또 어느 순간은 짙어지고 짧아지기도 하는 것이었다. 채집 과정에서 인터뷰했던 안경 쓴 중년 남자의 붉은 눈이 양식을 채워가고 있는 지금도 자꾸만 떠오른다.

부속서류들을 작성하면서 객관적인 내용뿐만 아니라 정성적인 내용들도 포함해 기술했다.

정말로 W의 말처럼 모든 슬픔은 동일한 부피와 질량을 가지고 있을지도 모를 일이다. 과거 내가 채집한 수많은 SW14를 주간 업무 보고서의 한 줄처럼 생각했던 시간에 대한 후회가 밀려왔고, 한편으로 나는 컬렉터 업무를 수행할 자격이 없는 사람이라는 확신이 들었다. 이 일을 그만두고 싶은 여러 이유 중 하나였다. 나는 컬렉터의 자격이 되지 않는 사람이었다.

결국, 눈송이 전사들은 창문의 전부를 하얗게 칠하지 못하고, 이쪽 세계로 들어오는 것을 포기했다. 무모했던 눈송이들은 실패에 대한 복수처럼 도시 밤의 소리를 차들의 경적으로 바꾸어

　　　　　　　눈물채집자

놓았다. 나는 열어 둔 창문을 닫았다. 사직서가 거의 마무리되었을 때 현관 벨이 울렸다. 집에 들어온 W는 키스도 없이 밖의 온도보다 더 차갑게 내 방으로 들어갔다. 그러고는 의자에 앉지도 않고 선 채로 노트북 화면을 들여다보았다. 그녀를 따라 들어온 차가운 무언가가 방 안 공기도 곧바로 식게 했다. 이 세상 소리의 볼륨을 줄여놓은 듯, 마우스 스크롤 돌리는 소리와 클릭하는 소리가 유난히 크게 들렸다. 나의 숨소리마저 불편한 시간이 한참을 지났다. 거의 완성된 '계약철회요청서'를 다 읽었는지 나를 처음으로 쳐다보았다. 그녀의 눈빛은 입보다 먼저 말하고 있었다.

"이거 보내고 채택이 되면, 우린 다시 만날 수가 없어!"

"그게 무슨 소리야. 우린 그대로야. 내가 이 일을 하든 그렇지 않든….."

"바보 같은 소리를 하고 있어. 자기가 없는데 어떻게 만날 수가 있어? 왜 기억을 못 해! 매일매일 끄집어내지 않으면 잊힌다고! 대부분의 일은 시간이 지나면 옅어져. 희미해지는 것뿐만 아니라 본질도 바뀌기도 해. 나쁜 기억이 심지어 그리운 기억으로…. 우리에게 기억은 그래. 난 지난 10년 동안 매일 아침 힘든 그날을 꺼낸다고!"

나는 기억이 나질 않는다. 딱히 궁금하지도 않고, 왜 기억나지 않는지도 관심이 없었다. 사고가 있었던 것 같고 그 사고로 기억에 문제가 생긴 것 같은데 내게 중요하게 생각되는 부분이 아니었다. W와 보낸 과거의 시간 대부분을 기억하는 데 큰 어려움이 없는 게 이유라면 이유였다. 그녀와의 시간을 제외하고, 10년 이전의 시간들은 그저 스틸 사진 같은 장면 장면이 떠오르는데 그래도 단기 기억 상실증에 걸린 메멘토 주인공 남자보다는 훨씬 나은 상황 아닌가!

"그리고 바다는, 바다는 어떡할 거냐구!"

W의 말이 맞다. '바다, 그래 바다가 사라지지 않게 하려면 누군가는 이 일을 계속해야만 한다. 바다의 생명체들 그리고 소금….'

이 순간, 왜 갑자기 컬렉트들의 죽음에 대한

이야기가 떠올랐을까! 단지 W와의 불편한 이 시간을 피하고 싶었던 걸까!

나는 전설쯤으로 여겨질 만큼 오래된 과거의 이야기를 들은 적이 있다. 이스라엘과 요르단에 걸쳐 있는 사해(死海), 그 죽음의 바다가 어떻게 생겨났는지에 대한 이야기를 듣고 적잖게 놀란 적이 있다. 그건 바로 '컬렉터들의 죽음'에 관련된 이야기다. 지금의 우리 조직과 같은 기업 형태의 모습은 아니었겠지만, 우리와 같은 일을 하던 이들의 존재가 단 한 번, 외부에 드러난 적이 있었다고 했다. 그들을 발견한 자들은 티그리스강 주변 지역에 사는 부족이었는데, 노란색 깃발이 그들 부족의 표식이었다. 강 주변의 여러 부족은 물 부족으로 부족들 간에 충돌과 혼란이 심했고, 가뭄이 든 해는 물 때문이 아니라 물을 차지하기 위한 전쟁으로 죽는 사람들이 훨씬 많았다.

노란색 깃발을 든 부족은 강물의 색깔이 죽은 자들의 핏물로 변해가던 날, 강 곁을 떠났다. 여러 색깔의 깃발은 물을 찾아 떠났고, 여러 색깔의 깃발은 어디에도 다시 세워지지 못했다. 그렇게 노란색 깃발을 든 부족도 '죽음의 여행'이라고 불리는 마르지 않는 물을 찾아가는 여정이 시작되었다.

지중해 방향으로 이동 중에 잠시 머문 작은 마을에서 그들은 바다의 소금을 만드는 자들의 존재를 알게 되었다. 지식이라고 할 것도 없이 소금은 바다로부터 얻는 것인데, 그 바닷속의 소금이 사실은 누군가가 끊임없이 만들고 있고, 그렇게 만들어진 소금을 누군가가 바다에 녹이고 있다는 것이었다.

족장은 티그리스강을 떠난 지 1년이 넘어 지중해에 다다랐다. 노란색 깃발의 부족은 현재 이스라엘 근처의 작은 호수에 정착했지만, 물 부족이 해소되지는 않았다. 어느 날 지중해가 내려다보이는 언덕에서 족장은 생각했다.

'이 바다가 호수였으면… 마르지 않는 호수였으면….'

그날 이후, 족장과 이 부족의 젊은 남자들은 바다의 소금을 만드는 자들을 찾아다니기 시작

                    눈물채집자

했다. 티그리스강을 떠나 죽음의 여행보다 긴 여정이었다. 소문을 쫓아다닌 지 수년이 지났고, 결국 바다의 소금을 만드는 자, 컬렉터들이 모이는 비밀 장소를 알아내기에 이르렀다. 그곳은 컬렉터들의 회의 장소였다.

부족은 땅을 파고 숨어서 그 비밀 장소를 지켜보고 있었다. 몇 달을 기다린 끝에 컬렉터들의 회의가 개최되는 날이 그들 앞에 찾아왔다. 회의를 끝낸 컬렉터들은 작은 오두막에서 모두 잠이 들었고, 그때를 기다렸던 족장과 부족의 젊은 청년들은 회의에 참석했던 컬렉터 7명 모두를 생포했다. 눈을 가리고 손은 가죽 장갑을 씌워 뒤로 묶었다.

컬렉터들의 저항이 멈추었을 때, 족장은 단호한 목소리로 말했다.

"나는 이 끝없이 펼쳐진 바다를 마르지 않는 호수로 만들 것이다. 너희들의 희생이 내 부족과 티그리스강에 사는 많은 사람들의 생명을 구할 것이다!"

그렇게 7명의 컬렉터는 다리에 무거운 돌을

단 채, 지중해 근처 큰 호수에 산 채로 가라앉았다. 족장은 소금을 만드는 자들의 소멸이 바다의 담수화를 가져올 것이라고 믿었다. 컬렉터들의 눈을 가린 천은 젖었고, 손가락의 반지는 코발트 빛으로 빛났다.

그 빛은 멈추지 않고 빛나고 있었다.

그 후 호수에 사는 모든 생명체는 사라졌다. 풀 한 포기, 꽃 한 송이도 볼 수 없었다. 죽음의 바다로 불리는 지금의 '사해(死海)'에 대한 이야기다.

이 일을 하기 훨씬 전부터 바다는 내게 큰 관심 대상이었다. 그 관심은 환경운동가의 그것과는 거리가 있었고, 지구에 대한 원초적인 호기심, 생명체의 탄생 그리고 자연의 순환과 같은 경이와 신비에 대한 끊임없는 궁금증에 가까운 것이었다. 바다는 단순한 풍경을 넘어 생명의 기원과 같은, 내가 알지 못하는 수많은 이야기를 품고 있는 끝없는 깊이였다.

W의 목소리는 단호했다. 우리의 일이 바다를 유지하기 위해 반드시 필요한 일이며, 바다가

 눈물채집자

없으면 결국 지구의 순환계는 멈추게 되고, 지구에 사는 생명체를 비롯해 지구 자체의 생명에도 큰 문제가 생기게 될 것이라는 내용으로 나를 집요하게 설득하고 있었다.

"나도 그건 걱정이야. 하지만 후보자 명단에 있는 다른 사람을 찾겠지. 아니면 새로운 사람이 뽑힐 때까지만 내가 맡으면 되는 거잖아."

"제발 정신 좀 차려! 우리가 함께 근로계약서에 사인했던 날 기억 안 나? 그날, 우리가 어떤 약속을 했는지 정말 잊은 거야?"

*

W와 같이 계약서에 사인했던 그날을 정확하게 기억하고 있다. 내가 가지고 있는 선명한 기억 중 하나였다.

그녀와 내가 계약서에 사인을 했던 곳은 오래된 창고를 개조한 공간이었는데, 최소한의 디자인과 리모델링으로 과거의 시간을 그대로 남겨둔 곳이었다. 그곳은 고가구를 전시하고 판매하는 매장이었다. 매장의 1층은 가로 15미터 세로는 40미터 정도이고 층고는 10미터가 넘어 보였다. 유럽이나, 미국 그리고 인도에서 넘어온 가구와 오브제들이 전시되어 있었다. 실내 공간은 가운데를 비워두고 가장자리만 복층으로 된 구조였다. 1층과 2층은 철제로 된 계단으로 연결되어 있었다. 철재로 만들어진 계단은 골동품처럼 느껴졌고, 그 오래된 시간을 밟고 2층으로 올라가면 후미진 곳에 유리로 만들어진 공간이 나타났다. 출입문을 비롯해서 사면이 반투명한 세로줄 모루 유리(Moru Glass)로 둘러싸여 있었다. 마치 공간 속에 숨겨놓은 또 하나의 세계 같았다. 반투명 유리 문을 열고 들어서면, 비밀스럽고 몽환적인 느낌을 주었는데, 그것은 공간 가득히 채워진 산란한 빛 때문이라 생각했다. 마치 설치미술 작품 속에 들어온 듯한 기묘한 느낌도 들었다.

우리의 계약은 그곳에서 진행되었다. 벽면 선반에는 검은색 서류 박스와 서류철들이 가지런히 놓여 있었고, 그것들은 마치 이 공간에 담긴

　　　　　　　　　　　　눈물채집자

수많은 시간과 이야기를 진열해 놓은 것처럼 보였다.

모루 유리로 만들어진 공간의 안과 밖은 시간의 속도가 달라서 공간 밖의 시간은 멈추어 있고, 공간 안의 시간은 속도가 빨라 미래의 어느 시점에 있는 것 같았다. 그 시간의 속도가 유리에 비치는 빛의 굴절로 보이는 듯했다. 내부에는 공간을 가로지르는 길이가 긴 은색 철제 테이블이 놓여 있었다. 테이블 바로 위 천장에는 모양이 조금씩 다른 행잉 조명 12개가 걸려 있었다.

우리는 그 은색 테이블 중간에 나란히 앉아 슈트가 잘 어울리는 남자의 설명을 열심히 듣고 있었다. 우리는 대출 신청 서류처럼 여러 군데 사인을 했고, 사인이 누락된 곳은 슈트가 잘 어울리는 남자가 다시 알려주었다.

"그런데, 왜 우리에게 이런 일을 맡기는 거죠? 그것도 이렇게 좋은 조건으로 말입니다."

나는 자칫 이 계약이 틀어질 것을 우려해서, 매우 조심스럽게 질문했다.

"궁금하셨을 겁니다."

질문이 끝나자마자 편안한 목소리로 답하기 시작했다. 마치 이 계약을 했던 많은 사람들이 매번 같은 질문을 하고, 그 질문에 답했던 것처럼….

"조직에 새로운 구성원의 선발이 필요할 때, 우리는 '후보자 리스트'라고 하는 명부를 참조하게 되어 있습니다. 그 명부는 다른 기관에서 작성됩니다. 그 후보자 리스트의 순번에 따라 면담을 진행하게 되고, 면담 후 계약 의사가 있으신 분과는 오늘처럼 계약이 이루어집니다. 후보자께서 계약 의사가 없으면 절차는 더 이상 진행되지 않고 과정이 거기서 끝이 납니다."

"하나만 더 물어봐도 되겠습니까?"

"네, 말씀하십시오."

"다른 기관에서 후보자 리스트가 작성된다고 하셨는데요. 어떤 기준으로 후보자 리스트에 이름이 올라가는 건가요?"

"그건 사람의 생명과 깊은 관련이 있습니다. 과거 시간 속에서 본인의 의지로 선택된 행동이 기준이 됩니다. 여기서 가장 중요한 것은 '자신

 눈물채집자

의 의지'라는 점입니다. 그 행동이 미친 파장이 사람의 생명에 닿아 있을 경우, 후보자 리스트에 이름을 올릴 수 있는 조건이 성립하게 됩니다.”

아무리 생각해도 이유를 찾을 수가 없었다. 내 의지로 사람의 생명을 구했다거나, 사람의 생명과 관련된 어떤 직업을 가졌던 적이 없었다. 억지로 기억해 낸 것은 헌혈 정도였는데, 고개를 흔드는 내 모습을 슈트 차림의 남자가 부드러운 미소로 바라보았다.

“혹시, 기억나는 돌잔치 없으세요?”

그때, W가 내 옆구리를 팔꿈치로 툭 치면서 얘기했다.

“파견! 대화동 파견!”

옆구리로 전해진 물리적인 자극 때문이 아니라, 거의 동시에 내 안에서도 오래된 장면 하나가 떠올랐다.

＊

예전 직장에서 있었던 일이다.

같은 부서 후배 여직원의 딸 돌잔치에 초대를
받았다. 난임으로 오랜 기간 시험관아기 시술을
받고 귀하게 얻은 딸이어서 직장의 많은 동료들
이 축하를 위해 참석했다. 그런데 돌잡이 이벤
트가 끝나고 사회자는 뜬금없이 내 이름을 불렀
다. 나를 무대 앞으로 불러내었고, 후배 여직원
의 남편은 마이크를 잡고 말을 이어갔다.

"오늘 꼭 하고 싶은 일이 있습니다. 저희 소중
한 딸의 첫 생일을 축하해 주기 위해 참석해 주
신 많은 분들 앞에서, 꼭 감사의 인사를 드려야
할 분이 계십니다. 바로 저희 딸의 생명을 구하
신 분입니다!"

'내가? 딸의 생명을 구했다고? 내가?'

나는 순간 너무 의아해하면서 후배 남편이 건
네는 꽃다발과 선물을 어색해하며 받았다. 이
상황을 지켜보던 회사 동료들과 하객들의 표정
도 나와 다르지 않아 보였다. 내가 아기의 생명
을 구했다고 한 이유는 남편의 얘기를 듣고 이
해가 되었지만, 내가 한 일보다 그렇게 생각하
고, 감사한 마음을 표현할 수 있는 부모의 성품

 눈물채집자

이 더 대단하게 느껴졌다.

후배는 5년 만에 어렵게 시험관아기 시술에 성공한 지 얼마 되지 않은 시점에, 회사로부터 대화동 파견근무를 명받았다. 회사에서 40킬로미터가 넘는 거리라, 출근 시간이 2시간 걸린다며 걱정이 많았다. 그때 내가 파견근무를 하겠다고 자청했다. 왕십리에 살던 나는 논현동으로 출근하던 터라, 30분 정도만 일찍 나오면 되는 일이었다. 게다가 안정이 필요한 산모에게 대중교통에서 매일 왕복 4시간을 출퇴근하는 일도 어쩌면 위험할 수 있겠다 싶어서 제안했고, 회사에서는 후배 대신 내가 파견 나가는 것을 허락해 주었다. 그렇게 내가 1년 조금 넘게 대화동으로 출근했었다.

이 일을 두고 후배와 후배의 남편은 나를 '생명을 구한 사람'으로 표현한 것이었다. 그리고 W는 직장에서 건강검진 대상자를 확대하기 위해 기울였던 노력이, 결국 여러 생명을 지켜내는 데 기여했으며, 그 일이 바로 후보자 조건에 부합하는 중요한 사유가 되었다고 했다.

"그런데 이런 개인적인 부분까지 어떻게 알 수가 있나요? 이런 사사로운 개인의 과거가 어떻게 수집되는 겁니까?"

"그 부분에 대해서는 다음에 기회가 되면 말씀드리겠습니다. 자, 이제 두 분은 우리 조직의 구성원이 되셨습니다. 이 반지를 받으세요. 반지는 우리 조직 구성원의 표식이지만, 업무를 수행할 때 사용하는 기능과 자신을 방어하거나 위협에 대해 공격할 수 있는 특별한 능력이 담겨 있습니다. 컬렉터와 키퍼의 반지 모양은 같지만, 반지 속에는 각기 다른 특별한 능력이 담겨 있습니다. 그 부분에 대해서는 따로 교육이 진행됩니다. 매우 흥미로울 겁니다. 만약 슈퍼히어로 영화를 좋아하신다면, 상당히 매력적인 교육이 될 거라고 믿어 의심치 않습니다. 교육 일정과 장소는 나중에 알려드리겠습니다."

*

"계약서 사인한 날은 기억하고 있어. 그 공간

과 느낌… 모두를… 선명해….”

“계약한 날? 아니, 그 전날 밤!”

“그 전날 밤?”

“그래, 바로 그 밤. 우린 죽었어! 그날을 두 사람 모두 기억할 필요가 있을까 싶었어. 자기는 그 기억이 지워졌지만, 오늘처럼 바보 같은 행동을 계속한다면 반드시 기억해야만 해!”

“….”

“우리는 매일 아침 카풀을 했었어. 내가 자기가 사는 왕십리로 갔었지. 그날, 아니 그 전날도 똑같이 자기 차를 타고, 내가 가져온 커피를 나눠 마시고 있었어. 그냥 평범한 출근길이었어. 차창 밖에는 평범한 강물이 흐르고 있었어. 평범한 다리를 건너고 있었어. 그리고 라디오에서는 경찰의 날 기념식 소식이 흘러나오고 있었어. 그런데 갑자기 다리가 사라졌어. 우리 차는 굉음과 함께 허공에 던져졌어. 그리고 소리도 빛도 모두 사라졌어. 그곳에서 우리는 멈췄어. 우리는 그렇게 죽었다구!”

나는 내가 존재하고 있음을 어떻게라도 표현

해야만 했다. 내 가슴을 소리가 나도록 두드리며 말했다.

"무슨 소리야! 난 살아 있어! 이렇게 만질 수도, 느낄 수도 있어. 난 존재한다고…."

W는 나의 손을 잡고 거울 앞으로 데리고 갔다.

"잘 봐! 어때? 우린 변하지 않았어. 10년 전과 똑같아. 우린 늙지 않아!"

나는 손으로 내 볼과 턱을 차례로 만져보았다. 그러고 보니 면도를 한 기억도, 머리를 자른 기억도 없었다. 그 계약 전날 밤이 사진처럼 섬뜩섬뜩 떠올랐다. 텀블러가 차 안 허공에 떠올랐던 장면과 차 앞 유리와 강물이 닿는 순간이 번뜩였다. W가 비명을 질렀던 그날의 목소리도 짧게 들렸다. 방 안의 공기는 식다 못해 입에서 김이 날 정도로 차가워진 듯했다. 나는 다리가 마취된 듯 그대로 주저앉았다.

"만약 당신의 사직서가 채택되고, 컬렉터의 일을 하지 않게 되면 당신은 사라지게 된다고. 우리의 계약은 그렇게 되어 있어."

나는 주저앉은 상태에서 그녀를 올려다보았

 눈물채집자

다. 그녀의 눈물이 바닥에 무겁게 떨어졌고 그 소리가 들리는 듯했다.

"그렇다면… 난 이 힘든 일을 멈출 수가 없는 거군…."

"뭐가 두려워! 뭐가 그렇게 힘드냐고! 다른 사람의 슬픔을 기억하기 위해 누가 자신의 시간을 멈출 수 있을까? 누가 그렇게 해주냐고! 세계는 그냥 지나치듯 흘러가. 우리가 시간을 잠깐 멈추게 만들고, 그 슬픔을 듣고 영원히 간직하는 거야!"

"왜 우리가 그런 불쌍한 일을 계속해야 하니?"

"이 세상에 타인의 슬픔을 느끼지 못하고 살아가는 사람들이 너무 많아. 그들이야말로 불쌍한 거야. 슬픔에 침묵하는 세상이 더 문제라구! 우리는 선택받았어. 타인의 슬픔을 진심으로 느낄 수 있다는 것은 불행이 아니고 행운이야…."

어느새 W의 눈에 맺힌 눈물과 같은 성분의 눈물이 내 눈에 맺혔다.

그 순간, 내 반지는 코발트색으로 빛났다.

B

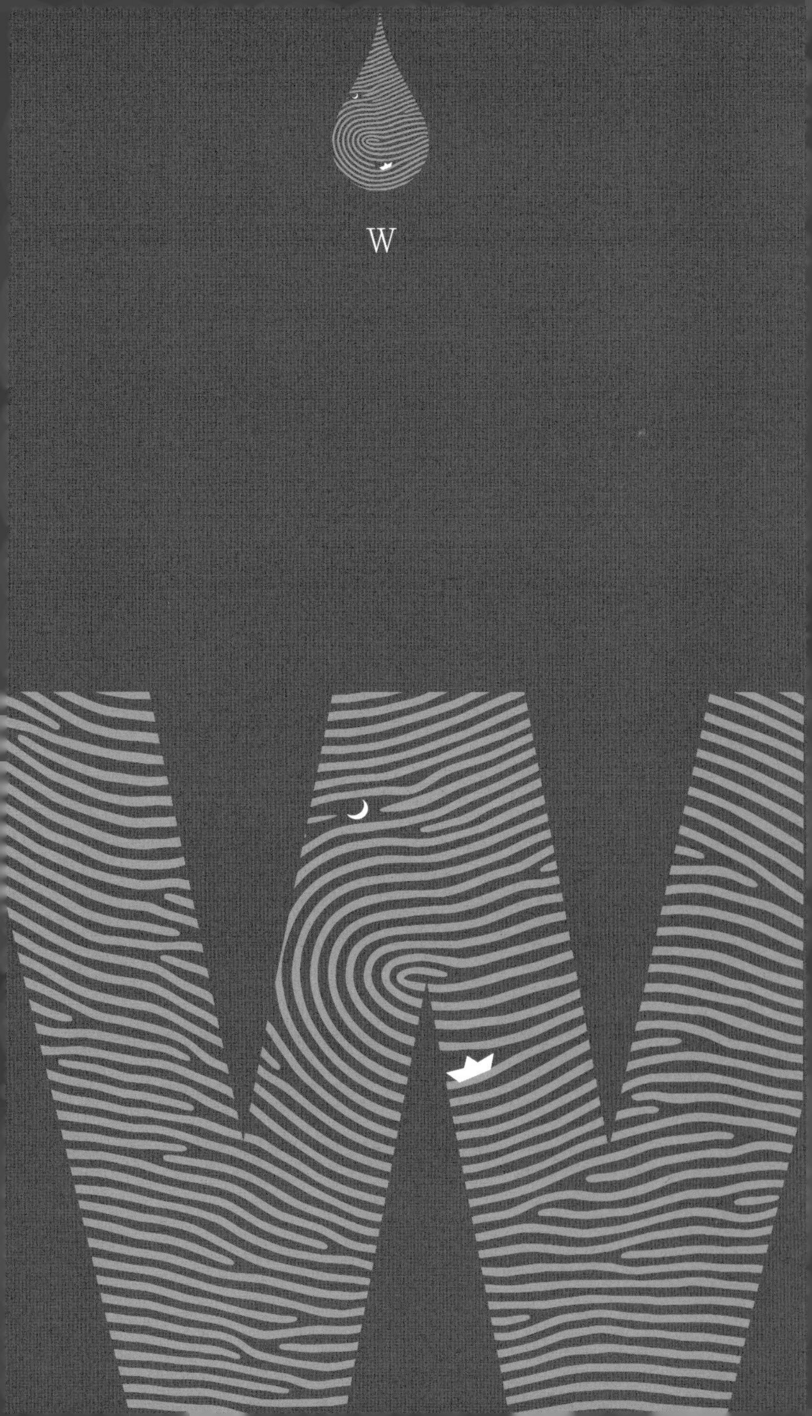

W

W

동해 34.1 퍼밀

서해 32.9 퍼밀

남해 33.2 퍼밀

염도의 수치가 모두 정상 범위 안에 놓여 있었다.

T 클라우드에 접속하면 바다의 염도 수치가 모니터 상단에 실시간으로 나타나고, SW14의 비축량은 색깔과 함께 수치로 표시되는데, 76이라는 흰색 글씨가 직사각형 녹색 박스 안에 표시되어 있다. 우리 구역의 상황은 양호했다. 나는 출근해서 2개의 지푯값을, 모니터를 통해

　　　　눈물채집자

체크하게 되어 있다. 모두 정상 범위 안에 놓여 있으면 그때부터는 여유가 생겼다. 아쿠아리움 측에 수질과 관련된 리포트만 제출하면 오전에는 특별한 일이 없었다. 그마저도 시스템이 90%를 처리하고, 내가 하는 것은 시스템이 도출한 결과물에 대해 약간의 편집과 파일명만 수정해서 아쿠아리움 쪽 담당자에게 메일로 넘겨주면 그만이었다.

아침에 새로 사서 온 원두를 그라인더에 넣고 갈았다. 그라인더를 비롯해 드리퍼, 드립서버, 드립포트, 그라인더 모두 G 언니가 두고 간 것들이다. 한때는 핸드밀에서 전동 그라인더로 바꿀까 하다가 자꾸 사는 것을 잊어버리기도 했지만, 그냥 오롯이 G 언니의 방식으로 커피를 내리는 것이 싫지 않은 마음도 컸다. G 언니의 모습으로 원두를 갈았다. 무의식적인 모방이 아니었다. 이 시간이 언니를 기억하는 어떤 의식처럼, 나는 느끼고 있는 듯했다.

언니가 두고 간 도구들은 단순한 물건이 아니라, 그녀가 내게 남긴 다정한 방식이었다. 나는 오늘도 G 언니의 방식으로 커피를 내린다. 언니의 질서를 따라, 기억하며, 닮아가며….

"저도 커피 한잔 주실 거죠?"

사무실 철문이 열리면서 기억의 의식이 멈추었다. 아쿠아리스트로 일하는 S가 얼굴을 내밀면서 텀블러를 얄밉게 흔들고 있었다.

더블에스테크 한국지사를 이곳 롯데타워로 옮겨온 것은 G 언니가 사라지고 난 뒤 바로였으니까 2년이 조금 넘었다. 그런데 아쿠아리움에서 근무하는 사람 중 우리 사무실을 찾아온 것은 이 젊은 남자가 처음이다. 자신의 루틴으로 설정한 듯 거의 매일 아침 비슷한 시간에 찾아왔다. 그는 작년에 아쿠아리움에 입사한 젊은 남자였다. 180은 족히 넘어 보이는 키에, 전체적으로 단단한 인상을 주었다. 피부 빛이 밝은 편이라 짙은 눈썹이 더욱 짙게 느껴졌다. 근무 시간에 그는 늘 밝은 표정이었고, 입고 있던 작업복도 매우 잘 어울려서, 이 일을 하려고 태어난 것인지도 모르겠다는 생각을 했었다. 외모는 또래로 보이지만, 내가 키퍼 일을 한 지 18

          눈물채집자

년이 넘었으니까 나와의 나이 차이는 최소 18년에서 그 이상일 것이다. S가 커피 향에 이끌려 여길 오는 건지, 아니면 나이 많은 나를 만나러 오는 건지 헷갈리기도 했던 적이 있었다. 나이가 들어도 우리 여자들에겐 젊은 남자의 방문을 굳이 마다할 이유가 없었다. 하지만 몇 개월 만에 S라는 남자에 대한 궁금증은 사라지고, 내게도 그냥 싫지 않은 하루의 루틴 같은 존재가 되었다.

우리 조직은 아웃소싱 형태로 해수 수질을 계측하는 더블에스테크(SSTech)라는 회사로 위장하고 있고, 이곳은 한국의 본부다. 우리는 롯데타워 아쿠아리움으로부터 업무를 위탁받아 수질 관리 업무를 수행하고 있으며 사무실도 아쿠아리움 내부에 있다. 위장하기도 좋은 곳일뿐더러 하는 일이 같은 범주에 있어 안전하게 일을 할 수가 있다. 안전이라고 표현한 것은 아쿠아리움의 자체 보안 시스템이 주는 안전함과 조직의 과업이 드러나지 않는다는 점에서의 안전함, 이 두 가지 모두를 말한다. 나는 롯데타워 아쿠아리움 메인 수조를 비롯해 여러 해수 수조의 수질을 체크하고 그 데이터를 아쿠아리움 측에 제공하는 일을 하는 연구원으로 위장되어 있다. 모든 것은 T 클라우드의 WC(웨이브컨트롤) 모듈에서 자동으로 결과물이 추출되기 때문에 키퍼로서 본연의 업무만 신경 쓰면 된다. 그래서 요즘은 나라별로 키퍼들의 사무 공간을 아쿠아리움 내에 설치하는 추세다.

코니아일랜드 근처에 있는 뉴욕 아쿠아리움에도, 그리스 그레타 아쿠아리움에도, 영국 런던에 국립해양수족관에도, 위장한 키퍼들이 배치되어 있다.

S가 가지고 온 네이비색 텀블러에 커피를 담아주었다. 아쿠아리스트들은 주로 라텍스로 된 장갑을 늘 끼고 있었다. 오른쪽 라텍스 장갑을 벗으면서 내가 건네준 텀블러를 받았다.

"감사합니다! 향이 참 좋습니다. 어제 커피보다 오늘 커피가 제 취향인데요."

"아침에 사 가지고 왔어요. 그런데 그 차이를 아시네요. 난 잘 모르겠던데. 산미가 있고 없고 정도만….”

“네, 완전히 다릅니다. 원두의 원산지, 그러니까 원두의 품종과 로스팅에 따라서요. 또 브랜딩 부분도 상당히 중요하고요….”

커피를 좋아하지만, 원두의 산지나 품종, 로스팅의 정도 같은 세부적인 것들은 궁금하지 않아서, 나는 그저 고개를 끄덕이며 건성으로 듣고 있었다.

커피는 내게 향과 따뜻한 분위기만 주면 충분한 것이었다. 나는 많은 남자들을 만나본 것은 아니지만, 남자들의 호기심은 자라면서 상실되지 않는 것 같았다. 몸속 깊은 곳, 췌장쯤에 어린 시절 그대로 보존하고 있는 듯했다. 그 호기심이 취미나 관심 분야와 만나게라도 되면 화학반응처럼 불꽃을 일으키게 되고, 또 누군가의 질문이라도 만나게 되면 거의 연구소 연구원의 표정으로 자신이 아는 모든 것을 끄집어내어 설명에 최선을 다하곤 한다. 지금 S의 표정이 꼭 그렇다. 자신이 사랑하는 세계를 누군가와 나누고 있다는 생각도 들었다.

"커피에 대한 지식이 대단한데요."

"아니, 뭐…."

내가 크게 관심이 없다는 것을 알았는지 커피 원산지에 대한 강의를 중단하고는 하얀 이를 보이며 고맙다는 인사를 했다.

"궁금한 게 있습니다."

"…."

"은색 철문으로 된 금고 같은 거, 저건 뭔가요? 뭘 하는 공간이죠?"

사무실 내부에는 특별한 공간이 하나 있다.

전체적으로 조도가 낮은 공간에 유독 어울리지 않게 은행의 금고 같은 백금으로 도금된 문이 하나 빛나고 있다. 사무실을 방문하는 사람은 없지만 방문하게 된다면 호기심이 생기는 것은 당연하다. 아마도 S는 그동안 꾹 참고 있었던 질문을 했을 것이다. 그곳은 바로 SW14 타워가 있는 공간이다. 산화를 방지하기 위해 문과 내부 전체가 백금으로 도금되어 있다. 내가 끼고 있는 반지를 문 가까이로 가져가면 숨어있던 손잡이가 돌출되고, 요즘 스마트한 자동차처럼 반지를 낀 왼손으로 손잡이를 당기면 문이 열린다. 문을 열고 들어가면 어떤 물질도 존재하지 않을 것 같은 은빛으로만 채워진 공간이 나타난다.

눈물의 저장소, 슬픔이 채집된 결과물.

색깔도 없었고, 향기도 없었다. 흑백영화 같은 공간이었다.

아주 오래전, 십 년이 다 된 듯하다. 컬렉터 B를 타워가 있는 공간에 한번 데려온 적이 있었다. 그는 경험한 적 없는 시각과 촉각이라고 많이 낯설어했었다. 자신이 가본 적은 없지만, '우주의 촉감이 이것과 비슷하지 않을까'라며 신비로움을 감추지 못한 표정이었다.

나 역시, 처음 타워가 있는 공간을 마주했을 때부터 지금까지 이 공간이 주는 질감은 익숙해지지 않는 그런 것이었다. 한정된 공간이지만 마치 대자연을 마주할 때처럼 매번 경이로운 느낌이 들었다. 이 공간에 SW14 타워가 미술관의 메인 조각상처럼 가운데 자리 잡고 있다. 타워에는 3분의 2 정도 채워진 SW14는 코발트 빛을 내며 출렁이고 있었다.

"아, 저곳은요. 우리 회사 R&D 과제 중 하나로, 바닷물 성분을 기반으로 하는 연구가 진행되고 있어요. 채집하고 추출하는 과정에서 아주 희귀한 물질이 발견됐어요. 이 물질은 병원균이나 바이러스 같은 외부 오염에 극도로 민감해서, 완전한 무균 상태의 공간에서 보관해야 해요. 저곳이 바로 그런 공간이에요."

준비해 둔 설명을 S에게 들려주었다. 어느 정도는 진실도 들어 있어 마음이 많이 불편하지는 않았다.

S는 내 설명에 무언가를 떠올리는 눈빛인 거 같았지만, 이내 다음에 꼭 보여 달라는 말을 건네고 철문을 밀고 나갔다. 철문이 열렸을 때 대형 수조에서 올라온 바다 냄새와 함께 차가운 공기가 사무실로 쑥 들어왔다.

사무실 철문이 열리고 닫힐 때마다 서울 도심 한가운데서 깊은 바다를 느낄 수 있었다.

향기만으로도 과거가 소환되기도 하고, 온도만으로도 추억이 만져질 때도 있다. 향기와 온

도가 조합된 수학 행렬처럼 얼마나 많은 시간들
이 후각과 촉각 속에 녹아 있을까? 아마도 그래
서 시간 속에서 향기가 나고, 기억에 온도가 느
껴지나 보다.

나는 철문이 천천히 닫히는 것을 끝까지 보고
나서 드립서버에 남은 커피를 머그잔에 담아 내
자리에 앉았다. 먼저, 아쿠아리움 수질 담당자
에게 각 수조의 수질에 대한 리포트를 작성해서
보냈다. 그리고 진짜 나의 업무를 위해 T 클라
우드에 다시 접속했다.

모니터 화면이 오대양 중심의 세계지도로 채
워지고 나면, 나라별 거점의 지사들이 작은 점
으로 표시된다. 이 점들은 색깔로 구분되는데,
가장 밝은 흰색부터 짙은 코발트색까지 점차 색
이 진해지는 방식으로 구현된다. 지금 화면에는
스카이블루에서 코발트색까지 마치 그러데이션
처럼 펼쳐져 있고, 각 지사의 상태를 시각적으
로 파악할 수 있다.

우리나라에도 한 개의 점이 있는데 바로 내가
있는 이곳이다. 색을 숫자로 환산한다면, 시스

템에서 표현하는 가장 짙은 코발트색을 10이라 할 때, 우리나라에 표시된 점은 7과 8 사이의 농도를 띠고 있다. T 클라우드에는 우리나라를 포함한 각국에서 관리하는 바다의 염도 수치 이외에 또 하나의 중요한 정보가 있다. 각국이 보유한 SW14의 비축량에 대한 것인데 안전 범위에 있으면 녹색으로, 안전 범위 밖에 있을 경우는 붉은색으로 표현된다.

우리 키퍼들은 T 클라우드의 데이터를 기반으로 컬렉터들의 목표를 설정하고, 전 세계의 균형을 유지하기 위해 지사들과의 교류 협력 사업을 진행하는 일을 하고 있다. 나는 한반도를 담당하는 7명의 컬렉터에게 각 해상의 염도 수치를 비롯해 T 클라우드의 상황을 메신저로 보냈다. 그것이 본부의 일이었다.

사무실에 전화벨이 울렸다.

"더블에스테크 한국지사입니다!"

S의 전화였다. 벨루가(흰고래)의 상태가 이상해서 메인 수조의 수질을 체크해 달라는 연락이었다.

"잠깐만요."

 눈물채집자

메인 수조에는 39개 센서가 설치되어 있고, 시스템에 접속하면 모든 센서에서 제공하는 다양한 수치를 볼 수 있는데 온도와 염도를 비롯해 수질은 모두 정상으로 나타났다.

"일단 수질에는 문제가 없는 것으로 보여요. 벨루가 상태는….."

"네, 알겠습니다. 제가 나중에 다시 연락드리겠습니다."

그는 다급하게 전화를 끊었다.

아쿠아리움에서는 하얀 고래 벨루가를 자연 상태로 방류할 프로젝트를 진행하고 있었다. 자연 상태의 적응을 위해 오랜 시간이 투입되는 정교한 프로젝트라고 했었고, 정부와 민간단체 모두가 협력해 추진되고 있다고 들었다. 아마도 건강 상태가 나빠진 모양이었다.

S는 점심시간에 다시 사무실을 찾아왔다.

"오늘은 제가 자주 옵니다. 점심 같이 드시죠?"

"식사는 원래… 아니, 같이 해요."

굳이 음식을 먹을 필요는 없지만, 맛있는 것을 먹으면 사실 기분이 좋아졌다. S는 맛집으로

알려진 곳이라며 백화점 쪽에 있는 파스타 전문
점으로 나를 데리고 갔다.

"벨루가는 어때요?"

"지금은 조금 괜찮아졌습니다. 수질이 문제가
아니라면 스트레스로 보이는데요. 원인을 분석
하고 있습니다."

"걱정이 많겠어요."

"…."

음식이 나왔지만 S는 말없이 포크로 파스타
면만 돌돌 말고 있었다. 나처럼 S도 점심 식사
가 목적이 아닌 사람처럼 보였다.

나는 조심스레 화제를 돌려보았다.

"아 그거 아세요? 바다에는 살아 있는 숲이
있다는 거."

내 질문에 S는 접시 위에 머물러 있던 시선을
내게로 옮겼다.

"살아 있는 숲? 바다의 숲이라면 산호초?"

"산호초도 이산화탄소를 흡수하고, 또 지구온
난화를 방지하는 역할을 한다고 하니 틀렸다고
할 수는 없지만, 제가 말하는 숲은 아니에요.

    눈물채집자

움직이는 살아 있는 숲이에요.”

“움직이는 숲? 글쎄요. 잘 모르겠습니다.”

S는 포크에 감긴 파스타가 너무 컸던 모양인지, 감긴 파스타를 풀어놓고 다시 포크를 돌리기 시작했다.

“그건, 바로 고래예요.”

“고래요?”

“네, 고래요. 벨루가보다는 훨씬 큰 고래지만요. 한 마리의 고래는 일생 동안 33톤의 이산화탄소를 몸속에 있는 지방과 단백질 사이에 가둔다고 해요. 나무 1,500그루가 흡수하는 양이에요. 그리고 고래 배설물은 플랑크톤의 성장을 돕는데요. 그 플랑크톤은 다시 산소를 발생시키고요. 심지어 고래는 죽어서 바다 아래에 가라앉게 되는데, 수백 년 동안 이산화탄소를 가둘 수가 있다고 해요.”

“고래가 그런 역할을…. 놀랍습니다. 특히 생명이 다한 뒤에도 몸속에 이산화탄소를 가둔다는 것은 대단히 인상적인데요. 말씀처럼 정말 바다의 숲이네요. 움직이는 숲!”

S는 적당한 양의 파스타가 말려 있는 포크를 입으로 가져갔다. 나도 오랜만에 마늘 향이 녹아 있는, 기분 좋은 올리브오일 맛을 느꼈다. 그는 바다의 숲 이야기에 잠시 호기심을 갖는 듯했지만, 이내 표정은 다시 그늘진 상태로 돌아갔다. 아마도 점심시간을 혼자 보내고 싶지 않았던 것이 식사를 함께하자는 이유의 전부였을 것이다. 벨루가의 상태 때문일 거라 짐작되었지만, 애써 화제를 돌려놓아도 S의 표정은 제자리로 돌아갔다.

"그런데 언제 인력 충원이 되는 건가요? 업무량은 혼자 커버가 됩니까?"

화제를 바꾸려는 내 노력을 알았는지, S가 시선을 맞추며 질문했다.

"업무량은 괜찮아요. 다른 지사에서 도움을 받기도 하구요. 이곳 아쿠아리움으로 파견되기 전에는 두 명이 근무했어요. 저보다 나이가 많은 언니였는데. 언니가 산… 아니, 언니가 나가고 나서 위에서 인력을 보내주지 않네요. 그러고 보니 그때는 재미있었던 시간이 참 많

눈물채집자

았어요."

'산화'를 말할 뻔했다.

우리 키퍼에게는 단 하나의 능력이 있다. 컬렉터들의 반지는 무기이며, 싸울 수 있는 강력한 힘이 존재하지만, 우리 키퍼들에게 주어진 반지의 힘은 다르다. 그것은 자신의 몸을 연소시켜 주변에 있는 모든 생명체를 사라지게 할 수 있다.

타인이 아닌 본인의 의지로 반지를 빼는 순간, 몸이 발현되고 큰 섬광이 터져 나온다. 그 빛이 닿은 생명체와 자신이 모두 사라지게 된다. 우리 키퍼들과 컬렉터는 그 빛의 영향을 받지 않지만, 반지를 벗은 키퍼 자신은 결국 산화하게 되는 것이다.

＊

2년 전, '바하르'라는 조직이 T 클라우드를 제거하기 위해 우리 사무실을 침입했었다. '바하르'는 아프리카 북동부 지역에 거점을 두고서 바다를 담수화하려는 목표를 가지고 있었다. 전 세계에 비밀 기지를 설치해 두고 은밀하게 활동하고 있는 조직이었다. '바하르'는 우리 존재의 위협뿐만 아니라 인류를 넘어 지구의 모든 생명을 위협하는 단체이다.

그날, 우리는 어떻게 키퍼가 되었는지를 얘기하고 있었다. 나는 약혼자와 함께 출근하던 길이었고, 그때 마침 교각의 붕괴 사고로 목숨을 잃었다고 담담하게 얘기했다. 정확히 말하자면, 키퍼가 될 수 있었던 것은 회사의 건강검진 대상자를 확대하면서, 동료의 암을 조기에 발견할 수 있었기 때문이었고, 죽음은 수단이었다. G 언니가 키퍼가 된 계기는 16년 전 지하철 화재 사건이었다고 했다. 방화범이 지하철역에 불을 지른 그날, 언니와 언니의 남편은 그 현장에 있었고, 함께 희생되었다고 했다. 언니 역시도 담백하게 얘기했다. 우리는 선택받은 사람들이었고, 기회라는 예상치 못한 선물을 받았던 존재들이었다. 그 참사의 아픔과 기억은 절대 지워지지 않는 슬픔으로 남아 있지만, 우리에게 자신의 죽음은 더 이상 슬픔이지는 않았다.

    눈물채집자

그건 말 그대로 새로운 시작이었다.

"그때, 내게는 초등학교 5학년이던 어린 아들이 남아 있었어. 남편도 나하고 그 화재 현장에 같이 있었거든. 남편과 나의 죽음보다 혼자 남게 된 아들이 고통이고, 슬픔이었어. 그런데 기회가 찾아왔어. 난 아들이 커가는 과정을 멀리서 지켜볼 수 있고, 또 위에서는 금전적인 지원도 가능하도록 허락을 해줬어. 행운이지. 내게만 주어진 아주 특별한 기적이었어. 이제 그 꼬마가 군대도 갔다 오고, 대학 졸업반이란다."

"와, 다 컸네요. 그런데 이렇게 어린 얼굴을 가진 언니가 대학생 아들의 엄마?"

나는 언니를 놀리는 듯한 미소를 지어 보였다.

"키퍼가 된 지 17년이 지났으니까…."

우리는 변하지 않는 외모를 웃음 소재로 삼았다. 키퍼 업무 매뉴얼에는 명확히 금기사항으로 기술되어 있는 주제를 편하게 얘기할 수 있을 만큼의 관계인 것이다. 키퍼가 되기 전, 보통의 사람이었던 시절의 기억은 규정상 입 밖에 내서는 안 되는 것이었지만, 우리는 조심스러움보다 진심을 택한 대화를 이어갔다.

"참, B에게는 다시 연락이 왔어?"

"언니, B는 그냥 전화하는 거야. 그것도 아주 드문드문 말이야. 아마도 다음 전화는 내년일지 몰라. B 얘기는 다음에…. 그런데 언니는 어떻게 후보자 리스트에 올랐어요?"

"난 아주 작은 일이었어. 너처럼 투쟁으로 얻은 큰 성과는 아니었어."

"투쟁은 무슨…."

"내가 좋아하던 여자 배우가 있었어."

연예인과 관련된 이야기라는 점은 호기심을 갖기에 충분했다.

"여배우? 누구?"

"그냥 젊은 여자 배우라고만 알아! 더 이상 묻지 말고."

"응."

"그 여배우가 온라인상에서 악성 댓글로 한참을 공격당하고 있었어. 부모는 물론이고 자매 얘기부터 친척 얘기까지 오르내렸고 나중에는 사실인지 아닌지를 확인할 수 없는 내용들이 퍼지고 있었어."

"사실을 확인하는 일이 2차 피해가 되기도 하잖아요."

"맞아. 그런데 어떤 건 사실을 확인할 수도 없는 내용들이었어. 그냥 특정하지 않은 어느 과거에 이름도 기재되어 있지 않은 누군가에게 어떤 행동을 했다는 식이었어. 급기야는 젠더 문제로까지 가고 있었지."

"저런! 정말 견디기 힘들었을 것 같아요."

"나도 그런 생각을 했어. 너무 힘들 것 같다고. 지금이야 SNS가 발달하고 개인의 공식 계정도 있지만, 그때는 홈피가 유행이었어. 내가 그녀의 홈피에 글을 남겼는데 그 글이 그녀의 생명을 구했다고 했어."

"글의 내용이 궁금해지네. 뭐라고 했는데요?"

"어느 책에서 읽은 문장을 옮긴 거였어. '당신의 생각을 있는 그대로 표현한 것은 바로 당신 자신이다. 연예인이면서 자신의 생각을 그대로 표현하는 용기는, 나는 매우 특별하다고 생각한다. 당신을 그래서 사랑한다. 당신의 생각을 거부당할 것을 두려워하거나 상처받지 말아야 한다. 당신의 표현을 수용하는 사람들과는 함께하면 된다. 비판하는 사람들의 말 중에 '그래 맞아!' 혹은 '그럴 수 있어!'라고 하면서 자신의 잘못이 인정되고, 또 동의하는 부분이 있으면 사과하고 고치면 된다. 그러나 비난뿐인 말인 경우라면 그때부터는 해석이 달라진다. 그건 더 이상 당신의 문제가 아니다. 그건 비난하는 사람들의 문제다. 나는 당신이 앞으로도 자신의 생각을 있는 그대로 표현하기를 바란다. 그러면 나는 더 열심히 당신을 사랑할 것이다. 당신보다 더 당신을 사랑할 것이다.' 이런 내용이었어."

"어쩌면 이런 글이야말로 완전한 글인지도 모르겠어요. 글이 사람의 생명을 구했다니, 정말 대단해요."

"그러게 말이야. 공감이 사람을 구했어."

바로 그때, 문이 쾅 소리를 내며 열렸다. 공기가 찢어지는 것 같은 소리가 바로 이것이었다.

총을 들고 노란 복면을 한 사람들이 사무실을

 눈물채집자

들이닥쳤다. 복면을 쓴 모습만으로도 대번에 적이라는 것을 알았다. 우리는 반사적으로 테이블 아래로 몸을 던졌다. 바닥의 차가움은 이내 심장부터 얼어붙게 만들었다. 시간은 멈춰버리고, 사무실은 순식간에 낯선 공간으로 변했다.

"괜찮아! 난 정말 괜찮아! 그리고 편안해! W, 내 말 잘 들어. 이건 절대 슬퍼할 일이 아니야. 알겠어?"

"…."

"이젠 충. 분. 해. "

"언니! 언니!!"

G 언니는 아들 얘기를 할 때와 똑같은 하얀 미소를 지으며 손에서 망설임 없이 반지를 뺐다. 언니는 오롯이 자신의 선택으로 그렇게 산화했다. 2년 전, 언니는 그렇게 이 세계에서 완전히 사라졌다. 처음부터 존재하지 않았던 것처럼 사라진 것이다.

*

"그래도 혼자 있으면 무섭지는 않습니까?"

엄밀히 말하면, 나는 직장 생활에서 퇴근이라는 행위가 없었다. 이 사무실이 근무 장소이면서, 나의 숙소였다. 혹시, 이곳이 사무실이면서 숙소인 것을 S가 알고 있는 것이 아닌가 싶었다.

"어떤 게 무섭냐는 거죠?"

"이 넓은 사무실에 혼자 있는 거요. 그리고 야근도 많으신 거 같던데…. 아, 아니, 여자라서 그렇게 물어본 것은 아닙니다. 듣기 불편하셨다면 사과드리겠습니다."

S는 내 표정을 잘못 읽은 듯했지만, 내가 이곳에서 혼자 지내고 있다는 사실을 모르는 것은 다행이라고 생각했다.

"무섭지는 않아요. 다만 언니의 빈자리가 크게 느껴져요."

"함께 일하셨던 그 언니라는 분하고는 많이 가까우셨나 봅니다. 그분이 심심하실까 봐 절 보냈나 봐요. 하하하."

S의 어색한 농담이 웃음을 주지는 못했다.

"오늘 저녁도 같이 하실래요?"

　　　　　　　　　　눈물채집자

S는 실패한 농담의 보상이라도 하려는 듯 식사를 제안했다.

"전 퇴근 시간이 늦어요."

"저도 남아 있어야 합니다. 쇼핑몰 맛집 한 곳을 더 소개해 드리겠습니다."

"왜 남아 있어야 해요? 벨루가 때문이군요."

"아니요. 오늘 점심 전에 확인이 된 사실이 하나 있습니다. 외부에서 누군가 우리 보안 시스템에 접속한 흔적이 있었습니다."

"해킹 같은 건가요?"

"네, 해킹입니다. 그런데 이상한 점이 있어요."

"이상한 점이라니요?"

"우리 보안 시스템을 뚫을 정도면 상당한 실력자입니다. 그런데 오래된 악성코드를 심어놓았어요."

나는 그 '이상한 점'에 대해 잘 모르겠다는 표정을 지어 보였다.

"그러니까 일반적인 백신 프로그램에서 바로 감지될 수 있는 악성코드를 심어둔 겁니다. 그러니까 마치 '나 왔다 간다'는 흔적을 일부러 남기고 간 것처럼요. 이상하잖아요?"

"실력은 뛰어나나 뒤처리가 잘 안되는 해커였나 보죠?"

"글쎄요…. 저녁은 어떻게?"

"쇼핑몰 맛집은 다음에 가요."

오후에는 세계 각 거점의 SW14 비축량에 관한 화상회의가 진행되었다.

각 거점 주변 바다의 염도를 유지하는 일은 매우 중요하기 때문에, 비축 정책에 따라 일정 물량의 수준을 확보해 보다 안정적으로 바다의 생태계를 지원하고 있다. SW14 한 방울 정도면 우리 한반도의 바다 염도를 1달 동안 유지할 수 있는 농도다. 이번 주간 회의에서 우리나라 비축량의 일부를 뉴욕 아쿠아리움으로의 이전을 결정했다. 거점 간의 텔레포테이션은 전기 에너지가 많이 필요했다. 그래서 보내는 쪽의 전기 사용량이 적은 시간대인 새벽 2시 이후에 보내게 되어 있다.

사무실을 정리하고 음악을 듣다 보니, 어느새 자정이 가까워졌다. 우리 키퍼나 컬렉터들은 식

사를 굳이 할 필요는 없었지만, 거점 간의 텔레
포테이션이 있을 줄 알았으면 S와 저녁을 함께
할 걸 그랬다 싶기도 했다. 남아 있는 긴 시간을
위해 나는 다시 원두를 핸드밀로 갈았다. 오늘
따라 G 언니 생각이 많이 났다.

　나에게 시간의 흐름이 큰 의미가 있는 것은
아니지만, 그 시간의 여정 중에 이야기가 끝난
인연은 대부분 마음속 불편한 무게로 남아 있
다. 그 무게를 지우기 위해 '충.분.해.'라며 마지
막까지 나를 배려한 언니였다. 데스크 앞에 걸
어둔 파란색 매듭이 눈에 들어왔다.

＊

　"W, 이 매듭 선물이야!"
　"어머, 직접 만든 거예요? 아, 예뻐라! 고마
워요. 언니."
　"이 매듭 한번 봐봐. 매듭이 우리나라에만 있
는 거 같지?"
　"…."

"드림캐처 알지?"

"서양 사람들의 부적 같은 거 말이죠? 좋은 꿈을 꾸게 해준다는 인테리어 소품. 그거 알아요."

"맞아. 아메리카 원주민인 인디언의 장신구에서 유래한 건데. 지금은 보편화되어 있지. 세계 각국의 수공예품들을 보면 각국의 다양한 매듭이 장식되어 있어. 사람들의 DNA 속에 녹아 있나 봐. 이렇게 선과 점으로 연결하고 또 연결하면서 이야기를 만드는 걸 보면 말이야. 바다가 하늘이 되고, 또 하늘은 다시 바다가 되어 순환하는 이 세계의 이야기처럼…."

"언니, 사람들은 알까요? 이 세계의 이름을 가진 모든 것들이 연결되어 있다는 것을요."

"숨 쉬는 사람들은 알지 못해. 우리도 그랬잖아! 보이는 것도 부정하는데, 보이지 않는 것을 어떻게 믿겠어. 그건 참 어려운 일이야."

"사람들에게 알려줄 수 있으면 좋겠어요. 자신의 욕심은 결국 누군가의 희생으로 채워진다는…. 이 세계의 균형이 그렇게 유지된다는 것을요."

 눈물채집자

"W, 나도 같은 생각이야. 그걸 알려주고 싶어. 그러면 뺏는 기술이 발전하는 것이 아니라 나누는 방법을 찾게 되겠지. 인류의 가장 큰 과제는 '얼마나 오랫동안 이 세계의 것들을 천천히 나누며 사용할 수 있을까' 하는 것이 될 거야. 전쟁이 필요 없겠지. 어쩌면 다툼도, 슬픔도 없어지겠지. 동물들처럼 필요한 만큼만 사냥하면서 말이야."

*

언니를 기억하는 시간이 채 끝나기 전에 사무실 철문이 쾅 소리를 내며 열렸다. 이번에도 공기는 찢겨나갔다. 그리고 노란색 복면 쓴 사람 넷이 그날처럼 들이닥쳤다. 공기보다 심장이 먼저 차가워지는 듯했다.

무장단체 '바하르', 그들이었다.

마치 2년 전, 그날의 재현 같았다.

시간이 왜곡되고 있었다. 과거가 현재를 밀어내듯 침범하면서 모든 것이 뒤엉켜버리고 있었다.

'침착해야 해….'

나는 G 언니처럼 반지를 뽑아야만 했다. 그 순간, 순식간에 팔과 몸이 제압당했다. 그러고는 테이프가 내 입을 막아버렸다. 데스크 앞에 걸어둔 매듭이 슬로 모션처럼 느리게 데스크 위로 떨어졌다.

2년 전, 실패를 보완한 듯 정말 손쓸 틈 없이 소리도 내지 못하고 상황이 끝나버렸다. 나의 팔은 뒤로 젖혀졌고 팔과 손은 테이프로 의자와 함께 감겨버렸다. 그들 중 한 명은 내 자리에 앉아, 가지고 온 검은색 긴 막대 모양의 디바이스를 USB 포트에 꽂았다. 잠시 뒤에 손가락을 동그랗게 만들어 다른 노란 복면 사람들에게 신호를 보냈다. T 클라우드 시스템에 접속한 것 같았다. 한 명은 내 두 발목도 테이프로 감아버렸다. 그 순간 다시 철문이 열렸다.

"기다리고 있었다!"

S였다. '바보같이 하필 이 순간에….'

작업복 차림도 아니었고, 라텍스 장갑도 끼지 않았다. 과거의 흔적을 지우기라도 한 듯, 그는

　　　　　　　　　　　눈물채집자

낯설고 흐트러짐 없는 검은색 슈트 차림으로 들어왔다. 공간의 온도가 급격하게 바뀌었다. 두 명의 노란 복면은 여유 있게 S에게 다가갔다. 순간 S는 마법사처럼 손을 비벼 두 개의 창(槍)을 만들어냈다. 반투명한 결정체 같은 창은 S의 오른손과 왼손을 각각 떠나 정확하게 노란 복면 두 사람의 가슴에 꽂혔다.

놀란 나머지 두 명의 노란 복면은 허리춤에서 총을 꺼냈지만, S가 훨씬 빠른 속도로 다시 번개 모양의 창을 만들었고, 컴퓨터 작업을 하던 노란 복면도, 나를 테이프로 묶었던 노란 복면도 차례로 쓰러졌다. 그들 중 내 뒤에 서있던 한 명은 내 어깨를 스치고 바로 옆으로 쓰러졌는데, 섬뜩한 기분보다는 뭔가 가벼운 깃털이 스친 것 같은 느낌도 들었다. 그 노란 복면과 눈이 마주쳤다. 이번에도 섬뜩한 느낌이 아니었다. 나는 너무 놀라 눈을 깜빡이는 것도 잊었다. S는 의자에 묶여 있는 내게로 다가왔다.

"이제 괜찮아요!"

창을 맞은 4명의 노란 복면 사람들은 차례차

레 하얀 소금으로 변했다. 입에 붙어 있던 테이프를 먼저 떼어주었다. 그러고는 손에 붙어 있던 테이프를 제거하기 시작했다.

"아무래도 이상했습니다. 오늘 외부에서 시스템에 무단으로 접속하면서 남긴 흔적 때문에 대기하고 있었어요. 해킹하면서 남긴 악성코드가 너무 찜찜했거든요."

"S, 너… 누구야?"

"G 언니가 보냈다고 했잖아요. G 언니의 아들이에요. 그리고 241229구역 담당 컬렉터입니다. 이제 1년 좀 넘었습니다."

다시 앞으로 돌아와 발을 묶었던 테이프를 뜯어냈다. 하얀 얼굴과 하얀 이가 언니의 그것이었다. 라텍스 장갑을 벗은 그의 왼손에는 나와 똑같은 반지가 끼어 있었다.

 눈물채집자

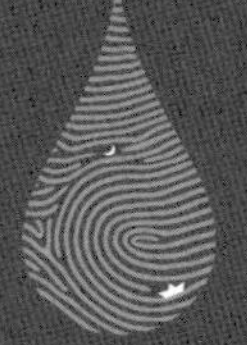

이름
없는 자

이름

없는 자

이름 없는 자

24시간하고 11시간 뒤면, 그녀를 만난다.

그녀 앞에 나타나기까지 8년이 필요했던 것인지, 아니면 이 일이 8년 만에 나타난 것인지 그것은 모르겠지만, 확실한 것은 지금 나는 납으로 만든 신발이 필요하다는 것이다. 설렘이 몸을 지면에서 밀어내는 듯, 나는 붕 떠 있다. 우리가 다시 만나는 것은 분명한 사실이지만, 눈을 맞추고 하는 대화가 가능할지는 알 수가 없다. 대화의 불가능에 대한 걱정보다 그녀에 대한 그리움이 8년 전 헤어진 그날과 같은 것이어서 어색해져 있는 내가 더 걱정이다.

*

　'바하르'라는 조직에 들어오게 된 맨 처음은 광고성 이메일의 링크를 클릭한 일이었다. 나의 시간은 손가락의 작은 움직임으로부터 극적으로 바뀌었다. 조직에 들어오기 전, 나는 눈을 뜨고 꿈꾸듯이 현실과는 멀어져 살았다. 도저히 받아들일 수 없는 현실과 사라진 기억들… 내 존재의 희소성과 휘발성이 나를 무색과 무취 그리고 무의미라는 천으로 돌돌 말아 누구도 관심 없는 아파트 단지 한 모퉁이 조형물 아래 묻어둔─절대 찾지도 않고, 발견될 일 없는─보물 같았다.

　바하르에 들어오면서 옷을 벗듯이 과거를 벗을 수 있었고, 이제는 인간의 생명을 구한다는 명확한 목표를 지향하는 현실적인 삶을 살게 된 것이다. 나의 생각과 언어는 식물보다 빠르게 성장했다.

　그날 받은 메일에는 유튜브 영상에 대한 링크 주소가 있었고, 나는 그것을 클릭하고 영상물을 시청했다.

　영상물의 핵심 내용은 살아 있는 생명들의 공간으로써, 지구는 지속 가능한 것인가라는 질문이었다. 100년 후 지구 모습을 예측하고 제작된 영상물이었다. CG의 기술을 떠나 과학적인 접근으로 뉴스처럼 사실성이 매우 높았다. 지구온난화에 따른 해수면 상승으로 사라지는 도쿄, 싱가포르 등 세계 주요 도시들이 물에 잠겨 고층 건물의 상층과 도시 랜드마크의 일부만 보이는 모습, 극지방의 기온 상승으로 빙하가 줄어들고, 홍수와 가뭄과 같은 이상기후 현상에 따른 자연재해 등이 매우 현실감 있게 표현되었다. 이 영상의 결과는 놀랍게도 기후변화보다 더 심각한 인류의 위협은 따로 있다는 것이었다. 그것은 바로 물 부족이었다. 영상은 지구온난화와 물 부족 문제는 전혀 다른 성질의 것이어서 이에 따른 별도의 대책 마련이 시급하다는 메시지를 전하며 끝을 맺었다. 생명체가 지속할 수 없는 지구의 모습을 보여줌으로써 강렬한 여운이 남도록 스토리가 구성되어 있었다. 나는 이 영상을 스무 번도 넘게 본 것 같다. 그리고 이메일의 끝에는 이렇게 쓰여 있었다.

저희 바하르는

지구 생명 연장 프로젝트를

핵심 사업으로 삼고 있습니다.

지구를 지키고 싶은 마음,

당신도 있으신가요?

우리와 함께하고 싶다면

아래 노란색 〈참가하기〉 버튼을 눌러주세요!

〈참가하기〉 버튼을 눌렀다. 현실에서 히든 피스(hidden piece)를 찾았고, 그것으로 나는 새로운 세계에 입장할 수 있게 되었다.

사실 '바하르'가 처음에는 기후변화 대응 NGO 같은 단체인 줄 알았다. 홍보영상도 그러했지만, 회사명으로 사용하고 있는 '바하르(bahr)'를 검색해 보니 아랍어로 '바다'라는 뜻이어서 더욱 그렇게 생각되었다.

직장을 그만둔 지 3년이 다 되어가고 있고,

이 일로 크게 다툰 그녀와는 지금 냉전 상태가 지속되고 있다. 주변 사람들은 다른 이유가 계속 쌓였다가, 직장 문제가 있을 때 마침, 이별에 이르렀을 것이라고 추정했지만, 그건 사실이 전혀 아니다. 이번 결말은 오직 직장 문제 하나에서 비롯된 것이 틀림없다. 직장을 그만둔 이유를 합리적인 설명을 통해 다른 사람들을 충분히 설득할 수 있었지만, 단 한 사람에게는 불가능했던 것이다. 어쨌든 현실과는 멀어진 시간이 계속되고 있었다. 자아가 녹아 없어질 것만 같은 시기였다. 경제활동을 하지 못하는 성인은 살아 있어도 존재의 인정이 불가능한 것만 같았다. 그녀와의 거리도 그렇게 멀어져가고 있었다.

노란색 〈참가하기〉 버튼을 클릭한 후, 몇 시간 지나지 않아 지금 옆에서 근무하는 동료가 나의 현관 벨을 눌렀다.

"안녕하세요? 바하르에서 왔습니다. 지구를 구하는 일에 참여 의사가 있다고 하셔서 방문하게 되었습니다."

나는 두려움 없이 문을 열어주었다. 고품질의

 눈물채집자

완성도 높은 홍보영상 때문이었을까? 몇 시간 만에 찾아온 그를 의아해하지도 않았고, 신기해하지도 않았다. 그렇게 나는 조금의 의심도 없었다.

그는 '바하르'의 이념과 목표를 설명했고, 그건 나의 동의 여부를 한 번 더 확인하기 위함이라고 했다. 그리고 몇 가지 테스트를 진행했다. 태블릿PC를 건네주었고, 질문이 한 문장씩 나오고 보기 5개 중에서 하나를 고르는 거였는데, 질문 수가 꽤 많았다. 마지막 질문에 대한 답을 보기에서 골랐다. 눈을 몇 번 깜빡이는 사이 PC는 나에 대한 분석을 마쳤다. 분석 결과 중, 기억에 남는 것은 나의 전 직장에 대한 적성 분석이었는데, 나의 과거를 위로하는 듯했다.

귀하의 전 직장 직무 적합도
모든 요일이 월요일 같았던 매일

"테스트가 불쾌하실지 모르겠습니다."
"아니요. 불쾌하지 않았습니다."

"다행입니다. 저는 1주일 뒤에 다시 찾아오겠습니다. 만약 그전에라도 마음이 바뀌게 되면 이곳으로 연락 주십시오."

그는 노란색 명함을 나에게 건넸다. 회사 로고, 회사명과 연락처가 표기되어 있었다. 나중에 왜 회사의 로고가 노란색인지, 건넨 명함의 뒷면 색상이 왜 노란색인지 알 수 있었다. 공무원처럼 관사를 제공하니 출근이 결정되면 이사해야 한다고 했다. 1주일 뒤 나는 그렇게 과거로부터 이사를 하게 되었다.

*

"카이(Kai)는 몇 시쯤 도착할까?"

5년 전 노란색 명함을 내게 건넨 동료가 캠프 지하로 내려오면서 물었다. '카이'는 우리 조직을 이끄는 리더의 호칭이다. 우리는 회사 사무실을 캠프라고 부르는데 내가 있는 캠프는 전원주택 건물을 사용하고 있었다. 지하는 사무실로 사용하고 1, 2층은 각자의 주거 공간으로 사용하고 있다. 사

 눈물채집자

실 전원주택이라고 했지만, 도로 맞은편에 아파트 대단지가 들어섰고, 밤이면 대형마트의 브랜드 불빛이 내 방 유리창에서도 선명하게 보였다. 오늘 해외에서 카이가 도착하고 나면, 내일 다른 캠프에서 직원 2명이 또 합류할 예정이다. 오랜만에 5개의 방이 다 채워지게 되는 것이다.

"글쎄, 공항 도착한 지 2시간이 다 되어가니까, 곧 도착할 거는 같은데… 나보다 더 기다리는 것 같아."

내가 웃으며 대답했다.

"내가 카이를 너무 좋아하나? 같은 남자들끼리… 내 성적 취향은 그쪽은 아니니 오해는 말고!"

"그쪽이어도 문제 될 것 없잖아."

"당연하지. 문제라는 게 아니라 혹시 여자를 만날 기회가 있을 때 날 제외하지 말라고 알려주는 거라고. 그러고 보니 이 일을 하면서 연애 한번 못 했네."

"장난은….'

"그런데 참, 카이를 만나는 거, 처음이지?"

"맞아. 영상 회의만 했었지. 실제로 만나는

것은 입사 후 처음이야."

"특이한 스타일만큼이나 매력적인 사람이야. 말하다 보니 점점 이상해지네… 하하하! 사실 카이를 만나는 것은 매번 기대되는 일이야."

나는 실제로 카이를 만나는 것은 처음이었으며, 기대하는 마음은 그와 다를 게 없었다. 어제는 그가 머무를 방과 지원 나오는 2명의 직원이 머무를 방을 청소해 두었다. 베갯잇과 침대보도 세탁해서 깨끗하게 정리해 두었다. 2명만 지내던 캠프에 방 5개가 모두 채워지는 것은 2년 만이었고, 환영 준비라고 하는 것은 이것이 전부였다.

"2년 만이네. 우리 캠프에 사람들이 채워지는 거 말이야."

"맞아. 기대도 되지만 긴장이 더 많이 돼."

"나도 그래."

"2년 전에는 실패로 끝났으니까. 긴장이 더 되는 거 같아."

동료도 2년 전, 캠프가 채워진 날을 떠올린 모양이었다.

　　　　　　　눈물채집자

"자네, 카이가 있는 튀르키예 캠프에 다녀왔었지?"

"그랬지. 작년에 실패한 프로젝트 결과를 보고하러 갔었어."

"그때, 카이도 많이 고통스러워했을 거 같아. 카이의 메시지는 뭐였어?"

"그 프로젝트에 3명이 투입되었어."

"맞아."

프로젝트에 투입된 3명 모두 해외에서 파견된 자들로 아랍인이었다. 이번 프로젝트는 한국인으로만 구성되었지만, 지난번에는 모두가 외국인이었다. 당시 SW14 타워를 지키던 키퍼가 자기희생을 하면서 우리의 프로젝트는 실패로 끝났다. 하지만 우리는 직원들의 희생으로 중요한 정보들을 얻을 수 있었고, 모레 새벽에 진행될 이번 프로젝트 계획 수립에 많은 영향을 주었다. 프로젝트 자체의 중요성뿐만 아니라 우리 내부에서는 소위 마지막 기회로 평가하는 측면도 있어, 이번에는 카이가 직접 프로젝트를 점검하기 위해 우리 캠프에 합류하게 된 것이다.

"카이는 희생된 3명의 직원이 어떻게 사라졌

는지에 대한 구체적인 경위를 알고 싶어 했고, 당시 직원들의 헤드마운트에 장착된 카메라를 통해 전송된 영상을 여러 번 같이 보았어. 중간에 카이의 표정을 살폈는데 거의 변화를 읽을 수는 없었어. 순전히 내 감각이지만 숨소리가 평소보다 조금 크게 들린 것 빼고는 어떠한 심정도 읽을 수 없었어.”

“카이라서 어떤 것도 표현할 수 없었던 게 아닐까?”

“정말 그랬을 수도…. 카이는 종이에 아랍어로 무언가를 한참 적었어. 그러고는 종이를 태웠어.”

“신앙의 의식 같은 건가?”

“모르겠어. 카이는 이렇게 얘기했어. 아랍인의 대부분은 죽음을 끝으로 생각하지 않는대. 새로운 시작이고 물질로부터 자유로워지는 세계로의 이동이라고….”

“새로운 시작은 맞는 얘기 같아.”

“그래?”

나는 죽음이 새로운 시작이라는 점과 다른 세

 눈물채집자

계로의 이동이라는 점에 대해 공감되는 부분이 있지만, 일반화할 수 없는 것을 가지고 괜한 공감을 표현하고 말았다.

"종교에서 죽음을 해석할 때 그렇게들 표현하지 않나? 새로운 시작이라고…. 물질로부터 자유로워진다는 표현은 차원이 다른 얘기네. 그러면 아랍인들은 죽음에 대해 슬퍼하거나 고통스러워하지 않는다는 건가?"

"글쎄… 그럴 수는 없지 않을까? 죽음을 바라보는 방식이 다양한 거겠지. 슬픔은 다르지 않겠지."

2년 전 프로젝트가 실패로 끝나고 직원들을 잃은 그의 표정 변화가 없었다거나, 죽음에 대한 이성적인 표현들은 나로서는 이해하기 어려운 부분이었다. 카이를 만난 적이 있는 대부분의 직원으로부터 그의 따뜻함은 매우 특별한 것이라고 들었기에 더욱 그랬다. 그렇다면 리더의 자리는 개인적인 감정을 드러내는 일은 어려운 것이 아니라 어쩌면 금기시되고 있는 것은 아닐까. 리더들만의 세상에서 작성된 계약서 끄트머리에 '개인 감정을 표현할 경우 리더의 자격을 그 즉시 중지함.'이라고 쓰여있을지도 모를 일이다.

"그때 반지를 뺐던 키퍼 있잖아? 음, 교육 때 여러 번 언급되었던 그 키퍼의 아들도 컬렉터가 되었다고 하더군."

"그래? 정말이지 너무 놀랍네! 구역은 어딘지?"

"그게 궁금해?"

나는 컬렉터의 담당 구역이 왜 궁금해진 것일까? 질문을 해놓고 왜 그런 질문을 했는지 이유를 찾아야 했다. 이런 일은 낯설지 않았다. 평소 문득 화를 내고는 내가 왜 이렇게까지 화를 냈는지 몰라서 이유를 찾는 일이 쉬워진 것처럼… 의식보다 빠르게 작동하는 말은 후회스러운 경우가 많았다.

"특별히 궁금한 거는 아니고, 모든 컬렉터의 위치를 우리가 파악하고 있으니 그냥 물어본 거지."

"난 또, 알고 물어보는 줄 알았어."

"뭘?"

"우리나라에서 활동하는 컬렉터 7명 중 1명이 추적되질 않고 있어. 바로 G의 아들이지."

"그래?"

“우리는 컬렉터와 키퍼가 탄생되는 공간을 중심으로 감시 시스템을 구축해 두었지.”

“컬렉터와 키퍼 대상자가 계약서 작성하는 그곳 말이지?”

“맞아. 그곳 주위에 설치된 감시 시스템으로 우리는 탄생되는 컬렉터와 키퍼를 추적하고 있지. 그런데 이 컬렉터의 경우 대구 지역에서 사라진 후 추적이 끊겼어. 소문에는 그 프로젝트의 실패와 관련이 있다고 해. G의 아들은 눈물 채집 활동을 하지 않는다는 얘기, 특수 목적을 부여받았다는 얘기, 해외에 파견되었다는 얘기, 뭐 키퍼들을 보호한다는⋯. 하지만 그건 소문에 불과하기는 해.”

“키퍼 G가 소멸하고, 그의 아들이 컬렉터가 되었다는 것은 어딘지 모르게 우울해지는데.”

동료의 눈동자에 내 표정이 담기는 것을 느꼈다. 동료는 잠깐 생각하는 듯하다가, G 아들이 어떻게 컬렉터가 되었는지를 설명해 주었다. G가 소멸하고 얼마 지나지 않은 다음 해, 야간 아르바이트를 마치고 귀가하기 위해 지하철 승강

장에서 열차를 기다리고 있었다. 그런데 짧은 비명이 들렸고, 비명이 나는 방향으로 시선을 옮겼는데 지하철 선로에 떨어진 중년 남자를 발견했다고 했다. 그는 걱정할 사이도 없이 곧장 선로로 내려가 쓰러진 중년 남자를 플랫폼 위로 옮기려고 했다. 몸을 가누지 못하는 남자를 들어올리기가 쉽지 않았고, 겨우 남자를 위에 올려놓았지만, 자신은 결국 들어오는 열차를 피하지 못했다고 했다. 죽음 자체가 자기희생이었다.

"얘기를 듣고 나니 마음이 더 그렇다. 내일 프로젝트에서는 더 이상의 희생은 없었으면 좋겠어."

"우리는 그들을 우리의 적으로 규정한 적은 없어. 정말 특별한 사람들이지. 그래서 이번에는 키퍼의 손부터 제압하는 것이 대단히 중요해. 훈련이 그 중심으로 진행된 이유가 자기희생을 막기 위해서야. '사해'의 전설은 우리 조직의 방향성이지 그 일을 되풀이할 만큼 어리석지 않아. 정말이지 G와 G의 아들을 존경해!"

컬렉터와 키퍼를 존경한다는 말은 지금 내가

   눈물채집자

하는 일에 대한 긴장감을 풀어주는 것이었다. 바하르를 선택하고, 조직의 사명에 따라 진행되는 이번 프로젝트에 대한 부족한 이해와 온전하지 못한 동의였지만, 그 말은 그것을 메워주려는 배려처럼 다가왔다.

*

벨이 울렸다.

비디오폰 모니터에 카이의 얼굴이 화상회의 때처럼 보였다. 동료 직원은 '오셨다!'라며 1층으로 뛰다시피 올라갔다. 나도 그를 따라 평소보다 빠르게 지하에서 1층으로 올라갔다. 동료가 카이와 반갑게 인사말을 건네는 모습을 세 발짝 뒤에서 쳐다보고 있었다. 인사를 끝낸 카이가 나에게 다가왔다.

"처음 만나네요. 반갑소. 이번 프로젝트 준비하느라 고생 많으셨습니다."

"뵙고 싶었습니다. 오시느라 고생하셨습니다."

"고마워요. 짐 정리하고 얘기 잠깐 나누죠.

제 방이 어디죠?"

"2층에 작은 테라스가 있는 방이 있습니다. 그곳을 사용하십시오."

동료가 방을 안내해 주었고 나는 지하로 다시 내려갔다. 외모는 40대 중후반 정도로 화면에서 본 모습보다는 젊어 보였다. 잠시 뒤 동료와 함께 그가 지하로 내려왔다.

"진행 상황을 점검해 보고 싶군요."

"쉬지도 않으시고 바로 괜찮으시겠습니까?"

"네, 한국에 오는 여정이 쉬는 시간이었소. 바로 시작해도 됩니다."

프로젝트 수행 시간에 대한 점검을 초 단위로 진행했고, 더블에스테크 침투 동선 부분은 동료가 주도적으로 설명했다. 화상회의로도 수차례 반복해서 진행했지만, 수정할 부분이 몇 군데 더 나왔다. 최종 수정 사항에 대해서도 다시 반복해서 검증이 진행되었다. 그리고 나는 아쿠아리움의 보안 시스템 무력화 부분과, 침투 동선에 있는 모든 CCTV 영상을 미리 녹화해 둔 영상물로 대체해서 보이게 하는 부분을 시연했다.

 눈물채집자

카이는 만족해하는 모습이었다.

"수정된 부분에 대해서는 내일 합류하는 2명과 함께 모의훈련을 다시 진행하면 될 것 같소. T 클라우드를 해체하는 소프트웨어만 한 번 더 점검해 주시오."

"네, 그렇게 하겠습니다. 저녁 식사는…."

"특별히 준비하실 건 없소. 저는 제가 가지고 온 걸로 해결하겠소. 두 분은 잘 챙겨 드십시오. 기분이 좋아지는 걸로…."

그는 자신의 방에 올라가 있겠다고 했고, 미팅은 내일 오전에 진행하겠다고 했다. 사실 우리도 같이 살고는 있지만, 함께 식사하는 일은 거의 없었다. 음식 섭취가 필요하지 않은 내가 이런저런 핑계로 끼니를 거르는 모습을 보여서 그랬는지, 서로가 그 부분에 대해서는 각자의 취향을 존중하는 분위기였다. 우리도 각자의 방으로 들어갔다.

오후 5시.

이제 24시간하고 7시간 뒤면 그녀를 만난다.

그녀와의 전화 통화는 유지되고 있었다. 그

렇다고 해서 우리가 연인에서 친구 관계로 전향
된 것은 아니었다. 그 전화 통화라는 것이 자주
있는 일이 아니라, 어느 해는 크리스마스 날 한
번, 또 어느 해는 1월 1일에, 또 언젠가는 그녀
의 생일에 통화한 것이 전부였으니 8년 동안 10
번이 채 되지 않았다. 어쨌든 실제 만남은 헤어
진 이후 처음이다.

나는 서랍에 있는 물건들을 책상 위에 꺼내
놓았다. 긴장이 되면 정리정돈을 하는 편이었는
데, 오늘은 책상 서랍이 그 대상이 되었다. 사
진들이 제일 먼저 눈에 들어왔다. 대학 도서관
건물 앞에서 그녀와 함께 찍은 사진은 이제 가
장자리가 낡아 있었다. 우리가 사귀기 시작하고
처음 만났던 대학 도서관 앞에서 기념 촬영을
했었다. 사진 한 장으로도 기억이 선명해졌다.
사실 내가 가지고 있는 사진 중에는 기억에 없
는 것들이 더 많았다.

"잠깐 들어가도 되나요?"

노크 소리와 함께 카이의 목소리가 들렸다.

"들어오세요. 서랍 정리 중이었습니다. 서랍

　　　　　　　　　　　　눈물채집자

공간은 늘 부족해요. 저도 모르게 매번 뭐가 계속 쌓이거든요. 여기 좀 치울게요.”

나는 책상 위에 펼쳐놓은 물건들을 다시 서랍 속으로 쓸어 넣으려고 했다.

“아니, 괜찮아요. 그냥 두시지요.”

“여기 앉으세요.”

의자를 돌려, 카이 앞으로 밀었다. 그리고 나는 침대 위에 앉았다.

“그런데 서랍을 정리하는 일은 꼭 무언가를 비워내는 일만은 아닌 거 같소. 비슷하지만 저도 곧잘 서랍을 정리하곤 합니다. 저에게 그것은 잊힌 시간을 더듬어 본다고 할까요? 그러니까 기억을 찾는 작업 같은 것이었소. 희미해진 기억을 찾는 여러 방법 중 하나요. 그래서 저는 공허한 일상이 느껴지면 잊힌 시간 속에서 위로를 받기 위해 서랍을 정리하곤 하지요. 서랍 속의 물건들은 오래된 손 편지 같은 느낌입니다. 과거를 소환하고 그 시간들과 조용한 대화를 나누는 듯하지요.”

기억을 찾기 위한 방법 하나가 서랍을 정리하

는 것! 그럴 수도 있을 것 같다. 조금 전에도 가장자리가 낡은 사진 한 장으로 기억이 짙어졌으니까…. 그는 책상 위에 규칙 없이 흩어져 있던 여러 가지 물건 중에서 하나를 집었다.

"이건 뭡니까?"

"그건 씨앗입니다."

"씨앗이오? 엄청 크군요. 그런데 왜 이걸 가지고 있나요? 특별한 건가 봅니다."

"아보카도 씨앗입니다. 예전 여자 친구가 식물을 참 많이 좋아했습니다. 이걸 기술이라고 해야 할지 잘 모르겠습니다만, 식물의 씨앗을 발아시키는 기술이 있습니다. 예전에 아보카도 씨앗을 발아시키는 영상을 본 적이 있었어요. 저도 한번 해보려고 몇 개를 모아두었는데 실제로 해보지는 못했습니다."

"왜 실행하지 못했소?"

"어느 날 발아를 위해 나무 꼬치를 준비했었는데요. 갑자기 생명을 태어나게 한다는 것이 부담되기 시작했어요. 막연한 두려움, 그리고 책임감 이런 것들이 무겁게 다가왔습니다. 결국

  눈물채집자

포기했고, 씨앗만 가지고 있게 된 겁니다.”

“그렇군요. 저는 씨앗을 보면 두려움보다는 묘한 슬픔 같은 것이 먼저 느껴지곤 하오. 이상하지요? 과거를 기억하고 과거를 저장하고 있는 슬픔 말입니다. 왜 그런 마음이 드는 것인지 곰곰이 이유를 찾아보기도 했지요. 다소 비약일 수도 있지만, 인간의 근본적인 감정을 유교나 불교 혹은 동양철학에서 보통 일곱 가지로 설명하곤 하지 않소? 저는 그중에 애(哀)는 기억을 저장하고 있는 감정이라고 생각했어요. 무언가를 저장한다는 것 자체가 과거이고, 그러다 보니 씨앗을 보면 그런 감정이 드는 것은 아닐까, 생각했던 적이 있습니다. 혹시… 슬픔에 대해 조금 더 이야기해도 괜찮겠소?”

그녀도 씨앗에 대해 비슷한 이야기를 한 적이 있었다. 그녀는 씨앗이 슬픔이 아니라 ‘기다림’이라고 표현했었다. 흙을 만나고, 물을 만나기 위해 기다림이 응축된 모습. 기다림의 순도가 100퍼센트라고 말했었다.

‘우리는 종종 우리가 무엇을 기다리고 있는지

정확히 모를 때가 있어. 그래서 정작 오랫동안 그토록 간절히 기도했던 일이 마침내 눈앞에 펼쳐졌을 때, 그 순간을 알아보지 못하고 바보처럼 그냥 스쳐 지나가기도 해. 하지만 씨앗의 기다림은 달라. 그건 씨앗의 물성처럼 매우 단단하고, 또 분명하지. 씨앗은 자신이 무엇을 기다리는지 정확하게 기억하고 있어. 그래서 기회가, 그 기회가 왔을 때 놓치지 않고, 그 기억을 현재로 만들어 낸다구. 싹을 틔우고 마침내 꽃을 피워 낸다구.'

그의 말도 그녀를 소환하고 있었다. 사실 모든 감정은 기억을 저장하고 있다고 말하고 싶었다. 그리움이 그녀를 저장하고 있는 것처럼….

"그래서 슬픔이 기억의 저장소라고 믿고 있소. 그리고 슬픔은 서로 고립된 감정이 아니라, 모두가 이어져 하나의 네트워크를 이루고 있소. 또 그 슬픔과 슬픔을 이어주는 것은 시간이라 생각하오. 심지어 이 연결은 자신의 내부에서만 작동되는 것이 아니오. 외부의 다른 슬픔을 만났을 때 반응하기도 하지요. 이를테면 누군가의 장례식장에 가면 내 가족의 죽음이 소환되지 않소? 어머니의 죽음, 아버지의 죽음이 말이오. 활동을 멈춘 감정들이 되살아나는….”

그는 ‘슬픔’에 대한 감상 얘기를 여러 가지 시각에서 이어갔다. 나는 그의 말을 들으면서 계속해서 그녀를 떠올리고 있었다. 그는 자신 생각의 분량이 어느 정도 채워졌는지 책상 위에 놓인 다른 물건들을 유심히 쳐다보았다. 다음 화제를 고르는 듯 말이다. 그중에서 이번에는 내 반지를 들어 올렸다.

“이거 컬렉터 반지 아니요? 컬렉터 반지를 아직도 가지고 있군요.”

나는 예상 범위를 벗어난 질문에 눈동자가 걷잡을 수 없이 흔들렸다.

“아니, 그, 그건….”

“저도 컬렉터였소.”

“네?”

이게 무슨 말인가! 어떻게 바하르의 카이가 컬렉터 출신이란 말인가! 가능성이 없었던, 아니 가능성이 있을 수 없었던 일이었다.

"언제인지 기억이 나질 않지만, 반지는 철회
요청서를 제출한 다음 기각 통보를 받고 얼마
지나지 않아 버렸던 거 같소. 그 철회요청서를
제출하게 되면, 그 즉시 능력이 상실되지 않소?
반지는 눈물을 채집하는 기능뿐만 아니라, 특별
한 능력도, 우리를 보호하는 기능도 모두 상실
되지요. 그러니까 다른 컬렉터의 공격도, 키퍼
의 공격으로부터 더 이상 보호받지 못하구요.
그런데도 반지를 보관하고 있는 컬렉터는 당신
이 처음이군요."

나의 눈동자는 계속 더 심하게 흔들리고 있었
다. 무슨 말이라도 해야 할 것 같다.

"저 말고도 철회요청서를 낸 컬렉터를 만났습
니까? 만난 적이 있습니까?"

"아무것도 모르고 있었군요. 누구도 얘기해주
지 않았으니 그럴만하오. 모두가 규칙을 너무도
잘 지키고 있어요. 저만 빼고 말이지요. 혹시 뭐
마실 거라도 있나요? 맥주면 더 좋을 것 같소."

"가져다드리겠습니다."

나는 1층에 내려가 냉장고에서 맥주 2캔을 꺼

 눈물채집자

냈다. 뒤돌아서는데 동료 직원 방문이 눈에 들어와 잠시 멈췄다. '나의 정체를 알고 있었을까? 그런데 왜 애기를 하지 않았을까?' 그렇게 맥주를 들고 정지된 채 한참을 있었다. 2층 방으로 다시 돌아왔을 때 카이는 미동도 없이 그 자세 그대로였다.

"많이 놀랄 것 같아 조심스러워지는군요."

그는 맥주를 길게 한 모금 마신 후 말을 이어 갔다. 나는 숨소리를 최대한 낮추었고, 눈동자의 흔들림도 제어하면서 그를 바라보았다.

"더 이상 눈물채집 과업을 수행할 수 없게 된 컬렉터들이 있지요. 당신처럼 말이오. 그럴 경우 보통들 계약철회요청서를 작성하고 위원회에 제출합니다. 우리는 그들을 추적했어요. 사직서를 낸 컬렉터들 말입니다. 대부분 찾아냈지요. 그리고 우리는 당신이 받아본 그 이메일을 당신을 포함한 과업을 수행할 수 없는 이들에게 보낸 것이라오."

"그럼 함께 있는 동료도…."

"그렇소. 여기 캠프에 당신과 함께 있는 직원

도 컬렉터 출신이오."

정체는 내가 숨긴 것이 아니라 그가 숨긴 것일 수도 있었다.

"사직서가 기각된 컬렉터가 많군요. 사직서가 채택되기는 정말 어려운 일이라고는 들었어요. 제가 알기로는 서른 명 정도가 퇴직을 성공한 것으로, 그러니까 사직서가 채택된 것으로 알고 있었습니다."

"그건 사실이 아니오. 정확하게 표현하면 사직서가 채택된 자가 한 명도 없어요. 우리 바하르 조직의 구성원은 현재 200명이 넘어요. 그중에 핵심 인력은 스물아홉 명으로 모두가 컬렉터 출신이라오."

나는 들고 있던 맥주 캔을 단숨에 비웠다. 오랜만에 느끼는 갈증이었다. 카이는 설명을 이어갔다. 바다의 염도를 유지하는 시스템을 개발하고 구축하던 당시, 눈물채집자와 눈물전송자들 스스로가, 그만둘 것을 전혀 예측하지 못했던 것이라고 설명했다. 그래서 스스로 더 이상 눈물채집 활동을 못 하게 된 컬렉터들은 윈도 시

　　　　　　　　　　눈물채집자

스템의 레지스트리에 쌓인, 오래된 정보들처럼
이 세계에 남게 된 것이라고 했다.

"우리의 수가 시스템 전체에 영향을 미칠 정
도는 아니어서, 그냥 어찌하지도 못하고 이 세
계에 남겨 둔 거요."

"우리는 방치된 거군요."

"그렇게 표현해도 틀린 것은 아니오. 하지만
그들도 이 오류를 해결할 방법을 찾을 수가 없
었을 거요."

"그냥 지워도 되지 않나요? 어차피 살아 있는
것도 아닌데요."

"그렇게 간단하지가 않소. 우리가 슬픔 현장에
서 인터뷰했거나 관계 맺었던 많은 사람들의 기
억과 시간에 왜곡이 발생하고, 그중에 한 명이라
도 사라진 우리의 존재를 찾게 된다면 문제는 복
잡해지지요."

나는 믿어지지 않는 진실을 마주했을 때처럼
계속해서 비슷한 질문들을 했고, 그는 친절하게
답해주고 있었다. 컬렉터의 역할을 수행하지 않
으면, 존재가 사라진다는 계약서의 내용도 사실

이 아니라는 것도 알려줬다. 사실 답이 꼭 필요한 질문들은 아니었는데도 말이다.

"이렇게 혼란스러워하는 모습을 보니, 내일 프로젝트가 걱정되오. 내일 정말 중요한 날인데 말입니다."

"사실 저는 아직도 바다를 담수화하는 일에 온전히 동의하지 못하고 있었습니다. 인간을 위해 바다를 담수화한다는 것은, 바다에 사는 수많은 생명체의 희생 위에 만드는 세상이잖아요! 그리고 얼마 지나지 않아 순환이 멈추고 결국 지구도 멈추게 될 겁니다."

나는 화제를 돌려야 했다. 생각을 정리할 시간이 필요했다. 생각이 또 생각을 만들고 있었고, 생각이 서로 겹치면서 이제는 두통까지 생기기 시작했다.

"그 얘기는 산책하면서 해도 될까요? 낮에 오다 보니까 근처에 호수가 하나 보이던데요."

"네, 같이 나가시죠. 걸어갈 수 있는 거리입니다."

나는 매우 혼란스러웠다. 원래부터 마주하고 있었던 사실이, 사실이 아닐 때는 새로운 세상

 눈물채집자

이 열리는 듯했다. 전혀 알지 못했던, 인식조차 할 수 없었던 미지의 새로운 세상이 열리는 것만 같았다. 오늘따라 수백 번 걸었던 이 호수의 산책로도 낯설다 못해 처음 걷는 길처럼 느껴졌다. 산책로의 가로등도 어색하게 서 있었다.

"혹시 컬렉터나 키퍼가 소멸하면 과거로 돌아갈 수 있는 거 알고 있소?"

"몰랐습니다."

"약관과 업무 매뉴얼을 꼼꼼하게 읽어보지 않았군요."

"네, 사실 제가 기억을 잃어버린 부분이 있습니다. 지금도 전부를 되찾지는 못했습니다. 또 굳이 기억이 다 필요한 것도 아니어서…."

"그렇군요. 당신 말고도 시간을 잃어버린 컬렉터가 있소. 시간을 우리는 보통 흘러간다고 표현하고 있지 않소? 그런데 사실 시간은 흘러가거나 사라지는 것이 아니오. 차곡차곡 쌓여있다오. 굳이 비유하자면 도서관 서가에 꽂힌 장서들 같다고 할까요. 시간은 그렇게 쌓여 있소. 시간의 일부분이 사라지면 어떻게 될 것 같소?"

"글쎄요. 저는 예전 여자 친구와의 기억을 제외하고는 상당 부분이 이미 지워진 상태라서요."

"그건 당신의 기억이 지워진 거지요. 실제 시간이 사라진 것은 아니지 않소?"

"맞습니다. 저의 기억에서만 존재하지 않는 시간이지요. 시간의 일부분이 지워진다면 아마도 지금과는 다른 상태일 거 같습니다."

"저도 비슷한 생각이오. 저는 돌탑에 비유하곤 합니다. 과거에 쌓았던 어느 하나의 돌을 빼버리면 마지막에 쌓았던 돌의 위치가 달라지겠지요. 그것은 현재의 위치가 아닌 새로운 위치이지요. 소위 지금이 아닌 지금이지요. 그래서 저는 현재를 과거가 차곡차곡 쌓여있는 상태라고 생각합니다. 만약 우리가 쌓여 있는 시간 속에서 마치 서가에서 책을 골라 펼치듯 시간을 꺼내 펼칠 수 있는 방법을 찾게 된다면…."

"너무 복잡해질 것 같습니다. 그런데 우리가 과거로 돌아갈 수 있다는 것은 무슨 말씀인가요?"

나는 카이의 시간 여행자 같은 이야기를 멈추게 하고 싶었다. 천체물리학이나 다중우주론과

　　　　　　　　　　눈물채집자

같은 분야에는 관심이 없었다.

"그 얘기를 하려다가 그만 다른 주제로 넘어갔군요. 우리들은 소멸할 때 과거의 어느 시간을 선택해서 그 시간으로 돌아갈 수 있소."

"시간 여행을 할 수 있다는 말씀인가요?"

"아니오. 시간 여행은 아니라오. 지금의 상태에서 과거로 가는 것이 아니라, 선택한 과거의 자신으로 돌아가는 것이라오. 만약 그런 시간이 온다면 당신은 어느 시간을 선택할 거요?"

"글쎄요. 생각해 본 적이 없는 일입니다만, 고민해 봐야겠어요. 막상 그런 시간이 왔을 때 당황하지 않으려면요."

"그렇다면, 한 가지 제 생각을 얘기해도 되겠소?"

"네 말씀해 주세요."

"제 생각은 이러하오. 일어날 일은 어차피 일어납니다. 사람들은 과거를 바꾸면 현재가 달라질 거라는 상상을 많이들 하지요. 그로 인해 미래가 바뀌어 있을 거라는 생각을 말이지요. 제가 오랜 시간 이곳에 있으면서 지켜본 바로는, 무수한 경우의 수를 모두 계산해도 결국 다른 미래를 만들 수가 없었어요. 두 개의 현재가 존재할 뿐, 그 일은 이미 일어난 일이오. 그래서 저는 슬픔을 지울 수 있는 그날을 선택하지는 말아야겠다는 결심을 했었소.”

“그렇다면… 어떤 시간을 선택해야 하는 건가요?”

“정답을 애기하려는 것이 아니오. 그리고 정답이 있을 수도 없는 일이오. 다만, 슬픔을 지울 수 있는 날은 선택하지 않을 거란 애기요. 대신 저는 가장 행복했던 시간을 선택할 거요. 그래서 가장 행복했던 날을 찾고 있다오. 그래야 나머지 시간을 견뎌낼 수 있지 않겠소?”

호수 산책로에는 드문드문 사람들이 보였다. 며칠 후면 11월인데 반바지를 입고 달리는 한 남자의 모습은 이 세계가 가짜라는 것을 보여주는 것이라는 생각도 들었다. 어쩌면 우리의 조직이 존재하는 진짜 이유는 따로 있는 것이 아닐까? 정말 바다를 담수화하는 것이 핵심 목표인 것일까? 기억과 함께 사라진 자아였지만, 그 이후의 자아도 또다시 사라지게 되는 것은 아닐까?

“저는 오래전부터 바다에 대한 특별한 애정을 품고 있었습니다. 바다의 생명을 유지하기 위해 눈물을 채집하는 일은 제게 사명감과 성취감을 동시에 안겨주었지요. 하지만 우리 조직에 들어온 뒤, 생명 연장을 위해 바다를 담수화한다는 전략을 접하고 나서, 처음 1년은 참으로 고통스럽고, 대단히 힘든 시간이었습니다. 지금도 그 전략에 적극적인 동의가 있지는 않습니다. 대의와 명분, 그리고 제 안의 신념 사이에서의 갈등은 여전히 사라지지 않고 남아 있습니다.”

“참, 그 이야기를 이제 해야겠군요.”

그는 조금 전, 가로등처럼 머리를 기울이며 어색한 표정을 지었다. 그러다 이내 미소를 지으며 숨기고 싶었던 이야기를 꺼내듯 조심스레 말을 이었다.

“대의와 명분은 허울에 불과하오. 설령 그것이 정당하다 하더라도 우리는 희생을 강요해서는 안 된다는 생각이오. 인간의 생명을 유지하기 위해 바다의 생명을 희생하게는 할 수 없는 일이오. 그건 결코 옳지 않소. 저도 당신과 같은 생각이라오."

"네? 그거 무슨 말씀입니까? 슬픔 보유량이 가장 많은 한국 본부를 타깃으로, 대업이 내일 시작됩니다! 우리의 프로젝트가 바다의 담수화를 위해 SW14 타워와 T 클라우드를 해체하고, 눈물 저장 시스템의 코어들을 하나씩 제거해 나가는 거잖아요? 눈물 저장소 한 개를 제거하는 것만으로도 바다의 순환 체계를 교란할 수 있습니다. 그리고 다음 프로젝트도 케이프타운의 투오션아쿠아리움으로 정해져 있지 않습니까?"

"우리 저기 잠깐 앉을까요?"

그는 나의 흥분된 마음을 경치 좋은 벤치에 앉히려는 듯했다. 이제는 산책로의 사람들이 거의 보이지 않았다. 호수가 내려 보이는 벤치에 앉았다.

"바다의 담수화는 우리 바하르의 상징입니다. 당신이 우리 조직에 들어오기 전, 지금으로부터 8년 전이지요. 우리는 우리의 목표를 분명히 하고, 전략을 수정했습니다. 정확히 말하자면, 전략이 진화한 거요."

"그럼 목표가 바다의 담수화가 아니었군요. 그것이 바뀌었군요."

"바다의 담수화는 맞지만, 그것이 최종 목표는 아니오."

"그게 무슨 말씀인지…."

"바다의 담수화를 통해 인간의 생명을 유지하는 것이 목표가 아니라는 얘기라오. 바다의 담수화는 수단입니다. 2년 전에 우리가 실패한 프로젝트가 있지요? 그 프로젝트는 당신이 마지막으로 슬픔 현장에서 눈물을 채집했던 그해에 기획되었소."

내가 SW14를 마지막으로 채집했던 그 현장은 지금도 생생하다. 사실 컬렉터를 그만두기로 결심했던 현장이었다. 슬픔의 현장에서 눈물을 채집하고 돌아와서 아무것도 할 수가 없었다. 그 슬픔의 잔상과 슬픔의 무게는 계속 지속되었고, 반지는 수시로 코발트색으로 빛나곤 했다. 굳이 다른 슬픔 현장을 섭외할 필요가 없어졌고 더 이상 이 일을 계속할 수 없다고 판단했다. 그런데 내가 SW14 채집을 멈춘 시간에 첫 번째 프로젝트가 기획되었단 얘기는 무슨 의미일까? 두 가지가 어떻게 연결되어 있다는 것인가?

"우리 조직이 오랜 진통 끝에 도달한 사상이 있소. 그것은 바로 지구의 기원은 슬픔이라는 것이오."

"너무 어렵습니다. 제가 이해할 수 있는 수준의 얘기들이 아닌 것 같아요."

"조금 더 설명하겠소. 만약 슬픔이 하나의 원소라고 가정한다면, 이 세계는 눈물과 슬픔이라는 두 원소가 결합해 만든 결과물이라는 것이오. 지금 우리 조직은 이 담론을 최우선 가치로 정했으며, 나 역시 그것에 동의하게 되었소. 우리는 지금 그것을 실현하기 위한 프로젝트를 수행 중인 것이오. 조직의 결정 앞에서, 나 역시 당신처럼 개인적인 판단과 신념 사이에서 고민과 갈등을 많이 했었소. 그러던 제가 확신을 가지게 된 그 순간이, 당신이 채집을 멈춘 그 시간과 같다는 것이오."

"우연의 일치인가요? 아니면 인과관계가 있는 것인지요?"

"우리가 사는 이곳은 슬픔 위에 세워진 세계

     눈물채집자

요. 어쩌면 인간들은 매일 슬픔 한 스푼을 먹으며 살아가는 존재라고 해야 할지 모르오. 실제로 거의 모든 음식에 '마른 눈물'을 사용하고도 있지만… 당신의 바다, 지구 순환계의 핵심이 되는 바다도 결국은 소금으로 유지되는 것 아니겠소. 결국 우리 세계는 슬픔을 처리하는 거대한 순환계인 셈이오. 인과관계가 있다기보다는 확신을 갖게 된 사건이었소. 그 슬픔 현장의 희생자 중에 제 딸아이도 포함되어 있었소. 당신이 컬렉터로서 마지막 활동한 그 슬픔 현장 말이오."

8년 전, 채집 과정에서 만났던 한 중년 남자의 인터뷰가 선명하게 떠올랐다. 그는 희생자의 가족이었다. 안경 너머 그 붉게 충혈된 눈동자—그 시간이 다시 소환되고 있었다. 이것이 연결된 슬픔이거나 슬픔의 반응 작용일 것이다.

그 전략은 조직 전체의 동의를 얻는 데 수년간의 협의가 진행되었고, 전략이 수립된 그해에 카이가 되었다고 했다. 카이가 된 이후, 그 사상에 더욱 몰입했다고 했다. 목표를 향한 오랜 준비 끝에, 마침내 이번 프로젝트에 이르렀다고 했다. 그런데 아이러니하게도, 바하르의 핵심 인력은 모두 컬렉터 출신들이었다. 슬픔을 채집하던 자에서 슬픔을 소멸시키는 자로 전환된 것이다.

"누가 시간이 지나면 슬픔이 사라진다고 했소? 혹시 한옥의 마당과 건물 사이, 경계가 되는 댓돌을 본 적이 있지요? 처마 끝에서 떨어지는 낙숫물이 돌을 움푹 파낸 자국, 그걸 본 적이 있다면, 시간의 실체를 봤다고 해야 할 것이오. 그것이 바로 시간의 실체요. 시간은 그렇게 정교하게, 뼛속 깊이 새겨지지요. 살이 그 위를 덮고 있다고 해서 새겨진 흔적이 없어지는 것은 아니오. 슬픔은 그런 것이오. 슬픔 위에 세워진 이 세계, 슬픔으로 숨 쉬는 이 세계—이 세계는 멈추어야 합니다!"

예전에 나도 슬픔은 시간이 덮어주는 것이라 생각했다. 시간의 두께가 슬픔을 두껍게 덮어 잊히게 할 수 있는 거라고 믿었다. 그래서 살아낼 수 있으리라 믿었다. 그런데 사실 그렇지가 않았다. 착각이었다. 그의 말처럼 슬픔은 가

   눈물채집자

려진 것이지 뼛속에 각인되어 있었다. 살이 덮어도 지워지지 않았다. 두꺼운 시간이 덮는다고 해서 가려지는 것이 아니었다. 오히려 더 정교하게 내 안에서 하나의 구조가 되어버렸다.

"슬픔으로 만들어진 이 세계를 반드시 멈추어야 해요! 내일의 성공이 바로 첫걸음이 될 것이오."

그 전설 속 노란색 깃발이 그들의 표식인 부족의 족장이, 컬렉터들 앞에서 마르지 않는 호수를 만들겠다고 외쳤던 모습이 이러했을까? 흡사 이런 눈빛이었을 것이다.

이제 호수 산책로에 보이는 사람은 없었다. 산책로는 어둠과 가로등이 차지하고 있었다. 내가 사는 세계가 사라진 것 같았다.

"저는 호수 한 바퀴 돌고 들어가겠습니다."

"그렇게 하시오."

*

나는 혼란스러웠다. 나의 세계가 무너졌다. 내가 하는 일에 대해 나 스스로 규정해 왔던 것들이 하나둘 바뀌기 시작했다. 내가 그토록 동의하기 어려웠던 바다의 희생으로 인류를 지속 가능하게 하는 것이 아니라는 사실에, 다행이라고 생각해야 하는 것인가? 누군가 이 세계의 스위치를 끄고 다시 스위치를 올렸을 때 전혀 새로운 세계가 펼쳐진 것처럼 느껴졌다. 하지만 시간은 부족했다. 오늘, 이 호수를 한 바퀴가 아니라 열 바퀴를 돈다 해도 이 낯선 세계에 익숙해질 수 있을 것 같지 않았다.

카이의 결심과 바하르의 방향성에 대해, 나의 동의가 필요한 것인가? 나는 오래전에 정교하게 설계된 이정표를 보고 걷기만 하면 되는 것인가? 처음 듣는 이야기인데도, 왜 우리 조직이 충동적으로 보이지 않는 것인가? 그리고 이 세계를 멈춘다는 것이 왜 이토록 이해되는 것인가?

아무도 그렇게 말하지 않았다.

그냥 내가 세워놓은 수많은 가설이 세상을 이해하는 기준이 되었을 뿐이다. 바하르에 대해서도, 나 스스로가 그냥 그렇게 내 생각의 틀에 가두어두고 있었던 것이다. '지구의 기원은 슬픔'

눈물채집자

이라는 그의 말은 거부할 수 없는 진리처럼 느껴졌다.

나는 어둠이 차지한 산책로에 맹목적으로 스며들고 있었다. 24시간하고 3시간 뒤면 그녀를 만난다. 그녀가 근무하는 더블에스테크 한국지사의 SW14 타워를 해체하러 간다. 나는 그냥 있을 수가 없었다. 그녀가 머릿속에 차오르고, 그녀에게 무슨 말이든 쏟아내야 할 것 같았다. 이미 휴대폰의 화면은 W에게 신호를 보내고 있었다.

"B, 오랜만에 전화했네."

그녀는 평온한 목소리로 내 전화를 받았다. 나는 우리 조직에 대한 모든 사항을 W에게 말할 수는 없었다. 여태 그랬던 것처럼 바하르라는 것도 감추어야 했다. 그건 조직에 대한 신념이기도 하고 또 카이와 동료에 대한 신의이기도 했다. 나는 최대한 바하르가 드러나지 않도록 주의를 기울이면서도 최대한 구체적으로 표현해서 얘기했다. 그것은 카이의 결심에 대한 얘기, 딱 그것만이었다.

“지구의 기원이 슬픔이라는 것에 대해서는 어떻게 생각해?”

“카이가 시인이니?”

“장난하지 말고.”

“장난이 아니라 은유나 수사가 아름다워서 물어본 거야. 물질이 아니라 감정이 기원일 수 없잖아? 그런데 연상이 되고 심지어는 공감이 되니까….”

“그건 아마도 우리가 SW14를 채집했으니까 그런 것일 수도….”

“너희 카이에게 깊은 슬픔이 있나 봐.”

“그래, 카이는 슬픔을 가지고 있어. 하지만 지울 수 없는 슬픔은 모두들 가지고 살지 않나? 그렇다고 카이 자신의 슬픔으로 세상을 그렇게 규정한 것은 아니야. 충동적이거나 즉흥적인 사람이 아니거든.”

“어떤 슬픔인데?”

“내가 채집하러 나갔던 슬픔 현장의 희생자 가족이었어.”

“정말 대단한 우연이네. 어떤 현장이었는데?”

  눈물채집자

"학생들의 목숨을 앗아간… 내가 컬렉터 일을 멈추게 된….”

"자식의 죽음이었구나!"

그녀는 조용히 질문을 멈추었다. 나는 지구라는 행성이 과연 반드시 지속되어야 하는가에 대해, 카이의 지식을 빌려 설명하기 시작했다. W는 내가 지구의 생을 연장하려는 일들을 했던 것이 아니었냐며 반문했고, 나는 어쩌면 내가 해 온 모든 일들이 지구가 지속할 필요가 없다는 것을 알아가기 위한 과정이 되었던 거 같다고 대답했다. 나는 말을 하면서도 자연스럽지 못한 대답도 있었지만, 나 자신도 놀랄 만한 멋진 대답도 있었다. 나는 점점 말이 많아졌다. W는 아주 오래전처럼 내 이야기에 귀를 기울이고 있었다. 이따금 해주는 호응이 내가 더 오래, 더 깊이 말할 수 있도록 해주었다.

"내 얘기도 좀 들어줄 수 있어?"

"너무 내 말만 했네. 얘기해."

"우리 사무실에 온 적이 있지? SW14 타워 기억나?"

"기억하지. 그 공간의 질감까지도 기억해."

"같이 일하던 언니가 소멸하고 나서 타워가 있는 공간에 앉아 참 많이 울었어. 언니가 생각 날 때면 그곳에 들어갔었어. 그 공간에 유일하게 존재하는 것은 SW14 타워와 그 속에서 출렁이고 있는 코발트 빛의 SW14뿐이었어. 한참 울다가 보면 나중에는 오롯이 그곳에 집중할 수밖에 없었어. 보이는 것이 그것뿐이었으니까. 그런데 한참을 보고 있으니, 너무 아름다운 거야. 그 출렁임까지도 말이야."

"그것은 눈물이 결국은 바다를 지키는 가장 최소 단위라는 이유를 알아서가 아니었을까? 눈물의 역할 때문에 아름답게 느껴진 건 아닐까?"

"그것도 맞는 말이야. 하지만 그것 때문만은 아니었어. 우리는 그것이 여기에 어떻게 모이는지, 그 한 방울이 또 어떤 의미인지를 알잖아. 그렇게 반복해서 타워와 타워 속에서 출렁이는 눈물을 보고 있었는데, 슬픔이 아름답게 느껴졌고, 또 이 공간이 참으로 밝게 느껴졌어. 그 이유가 은색이거나 조명 때문이 아니라, 이것 때

     눈물채집자

문에 이토록 눈부신 밝음이 있었다는 것도 알 수
있었어. 아름답게 느껴지는 진짜 이유를 알게 된
것이었어. 마치 각성이 되듯이 말이야.”

“그 이유가 뭐라는 거지? 아름답게 느껴지는
진짜 이유가?”

“그건 조금 있다가 얘기할게. 이 얘기를 먼저
하고 싶어. 괜찮지?”

“괜찮아!”

“고마워. 우리는 어차피 실체를 볼 수가 없어.
시간도 마찬가지야. 실체를 볼 수 없다면 우리는
무엇을 보는 것일까? 이미지들만 보면서 사는
거야. 수많은 이미지만을… 예를 들면 지금 겨울
이잖아. 우리가 겨울을 볼 수 있을까?”

“볼 수 있지. 잎이 없는 나뭇가지에 쌓인 눈?
군고구마를 파는 거리의 리어카?”

“그래, 근데 그건 겨울에 대한 시간의 흔적이
지. 겨울의 실체를 볼 수는 없어. 눈이 내리는
기억, 누군가와의 여행, 따뜻한 차 한잔 등. 겨
울이라는 이미지에 시간의 흔적이 쌓여 있는 거
야. 마치 크레이프 케이크처럼… 그러니까 이미

지에 대한 해석이라고 할까? 우리는 영원히 실체를 볼 수 없을지도 몰라. 슬픔도 그런 거라 생각해. 고통을 똑바로 바라보기는 누구나 힘들어. 슬픔을 제대로 들여다보기는 누구나 어려워. 그래서 이 세계 탓으로 돌리면 고통과 슬픔이 가벼워지기는 하는 것 같아. 마치 천사의 깃털처럼… 너희 카이에게 질문해 봐! 슬픔 뒤에 숨어 있는 것은 아닌지 말이야."

그는 슬픔 뒤에 숨어 있지는 않았다. 굳이 앞과 뒤를 구분해야 한다면, 어떻게 보면 슬픔 앞에 있다고 해야 했다. 오히려 슬픔을 뒤로 밀어두고 말이다. 모든 현상에 대한 기억이 이미지에 대한 개인의 해석이라는 얘기는 뭔가 실체가 없어지는 느낌이었다. 허무하게 느껴지는 감정이 들었다.

"지구의 기원이 정말 슬픔일지도 모르겠다는 생각도 들어. 만약 쌓여 있는 시간의 맨 위 장에 놓인 이미지가 슬픔이라면, 그건 단지 마지막에 놓인 흔적일 뿐, 실체 그 자체는 아니라고 생각해. 쌓여 있던 흔적을 하나씩 하나씩 걷어내고 실체에 다가가기 위해 노력해야 한다고 생각해. 그렇게 걷어내고 또 걷어낸 깊은 곳, 거기에 바로 사랑이 있어. 진부하게 들릴지 모르지만, 슬픔의 배후에는 사랑이 있었어! SW14 타워가 아름답게 보이는 이유는 바로 그것 때문이었다고 생각해!"

W는 죽음과 관련한 슬픔은, 그 본질은 결국 사랑이 씨앗이라는 말을 했다. 컬렉터의 경우 그 슬픔을 고스란히 마치 거울처럼 마음에 비출 수 있지만, 죽은 자가 사랑하지 않는 자라면 그 슬픔은 인류애이거나 죽음에 대한 작용으로부터 시작된 감정이라는 얘기였다. 만약 사랑이 없다면 어떤 죽음도 어떤 소멸도 슬프지 않다는 것이다. 나도 모르게 고맙다는 인사를 연신 하고 있었다. 볼에 닿은 휴대폰의 열기가 그녀의 체온처럼 느껴졌다. 전화를 끊었다.

'슬픔의 배후에는 사랑이 있다.'

결국 슬픔이 자라난 그 최초의 씨앗 속에 저장된 것은 사랑이란 말인가! 슬픔을 느끼는 교감신경의 뿌리는 사랑이라는 말인가! 지구의 기원이 슬픔이라는 카이의 말은 사실일지도 모른다. 그렇다 해도 결국 그 슬픔의 배후에는 사랑이 있는 것이다.

내일의 경계에 다다른 시간, 어둠에 스며든 시간, 갑자기 어디선가 상쾌함이 불어왔다. 파도 같은 큰 공기의 흐름이 나를 감쌌다. 그 공기는 차례가 정해진 것처럼 차곡차곡 몸 안에 가득 채워지는 것 같았다. 몸이 점점 가벼워졌다. 정말 납으로 된 신발이 필요했다. 지금 서 있는 공간은 상쾌하다 못해 투명하게 느껴졌다.

어둠마저도 투명해졌다.

24시간 후면 그녀를 만난다. 아니, 만날 필요가 없어질지도 모르겠다.

더 이상 산책로는 이 세계의 일부가 아니었다.

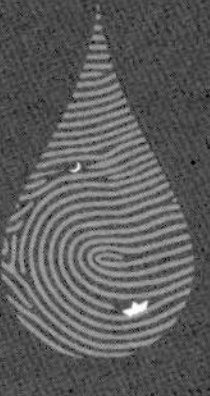

Kai

Kai

비가 내린다.

우산을 준비하지 못했다. 나는 그저 비를 맞으며 바다 앞에 서 있다. 나도 젖고 바다도 젖는다. 혹시 기다리던 연락이 왔을까. 주머니 속 휴대폰을 꺼내 본다. 비가 내리기 전, 걸려 온 전화에서는 키퍼가 잠든 상태가 아니라고 했다. 그 상황에 맞는 플랜을 허락한 지 십여 분, 바다 위에 비가 내리기 시작했다.

고개를 들어 하늘을 올려다본다. 비는 예외 없이 눈 안까지 젖게 만든다. 젖은 눈을 닦고, 손으로 모자챙을 만들어 다시 고개를 들었다. 하늘은 원래의 색으로 검게 변해 있었다. 아니,

눈물채집자

변한 것이 아니라 본래의 색을 되찾은 것이다. 가로등 아래로 떨어지는 비는 점선으로 보인다. 가랑비의 속도가 초당 3에서 5미터라던가. 빗방울 크기가 작아져서 실제 속도가 느려졌을까? 그렇다고 액체인 비가 느려져도 눈(雪)의 속도로 내려올 수 있는 건가? 낙하하는 모습은 마치 슬로모션 같았다. 그런데 이제는 하늘에서 내려오는 것이 아니라, 거꾸로 바다가 하늘로 올라가는 것으로 보인다. 방향을 확인하기 위해 한참을 본다. 나는 눈을 세게 감았다가 다시 떴다. 착각이었을까. 비는 위에서 아래로 떨어지고 있다.

끝났다는 것.

그리고 다시 시작되었다는 것.

그래서 다시 끝이 나야 한다는 것.

그 순환이 하나의 확신으로 가슴 깊이 비에 젖어가는 바다처럼 스며들었다. 나는 한참을 그렇게, 바다가 젖어가고 있는 것을 바라본다.

*

한국 땅을 다시 밟은 건 참으로 오랜만이다. 다시는 찾지 않을 것 같았는데 말이다. 깊은 과거는 시간의 중력을 거슬러 순식간에 부양하는 듯했다. 컬렉터가 되었던 참사의 그날도, 딸을 잃은 참사의 그날도, 슬픔의 무게와는 달리 너무도 가볍게 떠올랐다.

시간은 결코 흘러가거나, 지나가지 않았다.

모든 시간은 방부 처리된 후 마음의 벽에 박제되어 있었다. 시간은 실제로 흘러가지 않지만, 사라지지도 않고 모두 존재한다. 그것들은 넓은 박물관 전시실 한구석, 존재감 없는 모습으로 조용히 숨어 있는 청동기 시대 돌화살촉처럼, 단지 찾아내기에 오래 걸릴 뿐이다.

"이 주소로 갑시다!"

나는 택시를 탔다.

택시는 공항을 빠져나와 신도시를 지나고 있었다. 주상복합의 고층 건물들이 유난히 많았다. 그때 그 자리에도 기억만큼이나 도드라진 높은 주상복합 단지가 조성되었다고 했다.

도드라진 상징 속에 사는 사람은 그 기억을

  눈물채집자

잊지 않고 있을까? 그래서 슬픔의 순환을 막을 수 있을까? 기억해 달라고, 잊지 말아 달라고 양심에 호소할 수 있을까?

택시는 신도시를 가로질러 고속도로로 접어들었다. 택시의 속도만큼이나 생각들이 빠르게 쌓여갔다.

내가 바하르의 '카이'가 된 것은 딸을 잃은 뒤였으니까, 햇수로 8년이 되었다. 우리 바하르는 바다의 담수화를 목표로 활동하는 단체다. 전 세계에 거점을 마련하고, 각지에 분포되어 있다. 최초에는 마른 눈물을 채집하는 컬렉터를 소멸시키는 전략을 통해 목표를 달성하고자 했었다. 그러나 전략은 점차 진화했고, 결국은 순환계 전체의 시스템을 멈추는 것으로 발전되었다. 사실 이 전략은 우리 내부에서도 깊은 진통의 터널을 통과한 뒤 어렵게 선택될 수 있었다. 순환계를 멈춘다는 것은, 바다 생물의 희생을 가장 앞에 세워야 한다는 뜻이었다. 그 지점에서 격렬한 논쟁이 있었다. 오랜 시간 토론과 회의가 이어졌다. 희생의 시간 차이가 발생하지만, 결국에는 슬픔으로 유지되는 모든 시스템을 멈추게 하는 사실에만 집중하기로 했다. 많은 조직원들이 그랬듯, 나 역시 수단의 정당성에 대한 동의가 쉽게 이루어지지 않았다. 여러 가지 전략 중 하나를 선택해야 하는 순간은 미루어지고 또 미루어졌다. 그리고 마침내, 3년 만에 일치에 도달했다. 그해에 나는 '카이'로 선정되었다.

택시는 고속도로를 빠져나와 다시 고층 빌딩 사이를 지나고 있었다. 빌딩은 아직은 넓은 그늘을 만들어 내지 못한, 이른 시간이었다. 거리의 사람들은 그늘보다는 햇살이 나쁘지 않은 듯했다. 차창 너머로 꽤 넓은 호수가 보이고, 산책하는 사람들의 모습이 제법 보였다. 택시는 두 시간 남짓 달려 캠프에 도착했다.

"뵙고 싶었습니다. 오시느라 고생하셨습니다."

팀원 둘이 따뜻함이 가득한 눈빛으로 나를 반겨주었다. 내일 두 명 더 합류할 예정이고, 이번 프로젝트는 네 명의 팀원이 수행하도록 설계되어 있었다. 모두 우리나라 컬렉터 출신으로 구성된 팀이었다.

나는 테라스가 딸린 방으로 안내받았다. 방 안은 깔끔하게 정돈되어 있었고, 여행이 목적이라면 오랜 시간 머물고 싶은 공간이었다. 테라스 너머로 보이는 도시는 고층 빌딩과 아파트 사이로 조성된 큰 숲이 인상적이었다.

짐을 간단히 정리한 뒤, 팀원들이 기다리는 지하로 내려갔다. 프로젝트 점검은 풀타임으로 진행되었다. 풀타임이라지만, 실제 작전 시간은 이동 시간을 제외하면 20분 남짓이었다. 화상회의로 봤을 때보다 준비는 더 완벽에 가까웠다. 엘리베이터로 향하는 동선을 일부 수정했고, 해킹 시점도 5분 앞당겨 진행해 보기로 했다. 변경 사항은 무리없이 적용이 가능했고, 내일 합류하는 팀원들에게도 미리 공유하도록 일러두었다.

난 내 방에 올라와 테라스를 통해 밖을 바라봤다. 해가 서쪽으로 깊이 기울고 있었다. 그림자는 더 길어지고, 채도가 높은 빛들이 건물과 나무들의 가장자리를 채우고 있었다. 풍경은 더욱 입체감 있게 다가왔다. 오늘 나에게는 아직

끝나지 않은 일이 하나 남아 있었다. 그건 'B'에게 전해야 할 이야기가 있었다. 'B'를 이번 프로젝트에 포함한 이유는 우리가 침투해야 할 더블에스테크를 관리하고 있는 키퍼 때문이었다. 이번 작전으로 더 이상의 희생은 없어야겠기에 그가 적임자라고 판단한 것이다. 그는 컬렉터가 되기 전, 그 키퍼의 약혼자였기 때문이다. 나는 그가 반드시 키퍼의 희생을 막아줄 것이라 믿었다. 그는 우리 조직에 들어온 지는 5년이 되었지만, 여전히 마지막 신입이었다. 우리 조직에 대한 많은 부분이 보안으로 유지되며, 각자 접근할 수 있는 정보가 달랐다. 특히 B에게는 더 많은 설명이 필요했다. 내일의 결과를 알 수 없기에, 오늘 우리 세계의 진실을 들려줘야 한다. 그것이 오늘 나에게, 남은 일이었다.

"잠깐 들어가도 되나요?"

B는 서랍을 정리하고 있었다. 서랍 속 물건들은 그가 지나온 시간과 연결되어 있었고, 그곳에는 나의 과거도 연상되는 지점이 있었다. B의 표정과 성대의 진동수를 살피면서 조심스럽

  눈물채집자

게 이야기를 이끌어갔다. 처음부터 나의 시선은 서랍 속 물건 하나에 머물러 있었다. 그건 그가 버리지 않고 간직해온, 컬렉터 반지였다. 적당한 순간이 오자 나는 그 반지를 구실 삼아 입을 열었다.

"저도… 컬렉터였소."

*

오늘도 아침 9시, 어김없이 매장에 도착했다. 쇼핑몰은 평소처럼 분주했다. 직원들의 발걸음 소리가 복도를 채우며, 쇼핑몰 시작을 재촉했다. 나는 5층 식당가에서 작은 우동집을 운영하고 있었다. 함께 일하던 직원과 아르바이트생도 차례차례 도착했고, 각자 정해진 일들을 시작했다. 나는 주방에서 육수를 올리고, 튀김 재료를 손질했다. 어제와 똑같은 풍경이다. 한참 준비에 몰두하다가 문득 뒤를 돌아보았을 때, 도마 위에 하얀 가루가 흩뿌려져 있었다. 냄새를 맡아보았지만 아무 냄새도 느껴지지 않았다. 혹시

나 싶어 천장을 올려다보았지만, 눈에 띄는 이
상은 없었다. 도마를 씻고 다시 오픈 준비에 집
중했다.

첫 손님이 막 들어섰을 때, ‘사장님, 에어컨이
꺼졌어요!’ 주방으로 들어온 아르바이트생 이마
에 걱정이 깊게 그어져 있었다. ‘에어컨이 없으
면 손님들 다 나가버릴 텐데…’ 나는 관리사무
소 팀장에게 전화를 걸었다. 이미 많은 전화를
받은 모양이다. 곧바로 처리할 수 없다는 답이
돌아왔다. 점심시간이 되자 테이블은 손님들로
채워졌고, 더위에 대한 불만도 함께 채워졌다.
직원의 유니폼도 땀에 젖어 있었다. 바쁜 시간
이 지나고 얼마 되지 않아, 재료 손질하는 도마
위로 하얀 분진이 후드득 떨어졌다. 천장에서
떨어진 것이었다. 천장을 보니 정사각형으로 이
어진 패널의 이음새가 벌어져 있었고, 천장 패
널 전체가 매끄럽지 않고, 단차들이 생겨나 들
쭉날쭉했다. 도마 위 채소들을 버리고, 쇼핑몰
관리사무소에 다시 전화를 걸었지만, 이번에는
연결조차 되지 않았다.

　　　　　　　　　눈물채집자

쇼핑몰 벽에서 이상한 소리가 들린다는 이야기, 기둥에 금이 갔다는 소문이 매장 직원들 사이로 퍼져나갔다. 식당가의 점주들과 직원들이 삼삼오오 모여 건물의 이상 징후에 대해 수근거렸고, 쇼핑몰 측에 여러 차례 대응을 요구했지만 돌아오는 반응은 미온적이었다. 영업시간이 끝난 뒤에야 점검하겠다는 답변은 오히려 분노를 불러일으켰다.

'저녁 장사는 접고 들어가는 게 나을 것 같아요. 건물이 뭔가 이상해요.' 나는 연배가 훨씬 많은 중국집 사장님과 걱정을 나누고 있었다.

그때였다. 무언가 커다란 물체가 바닥에 요란하게 떨어지는 소리가 났고, 어디서부터인지 알 수 없는 굉음이 쇼핑몰 전체를 뒤흔들었다. 사람들의 비명 소리가 뒤따랐다. 식당가 바닥 타일들도 천장처럼 울퉁불퉁 솟아오르며 단차를 만들었다. 모두가 정지된 화면처럼 멈춰 서 있었다.

"다들 밖으로 나갑시다! 어서요!"

나는 매장 앞에서 최대한 큰 소리로 외쳤다.

“여기 정리하고, 다른 매장 선배들 챙겨서 곧 나갈게! 빨리 먼저들 나가! 엘리베이터 타지 말고 계단으로!”

직원과 아르바이트생을 밖으로 내보내려고 했다. 같이 정리하겠다는 직원에게 욕을 섞어 소리쳤다. ‘당장 나가!’ 아르바이트생도 함께 내보냈다.

그들이 계단 입구로 사라지는 모습을 지켜봤다. 고집스러운 중국집 점주 선배도 내보냈다.

“계산대 정리를 못 했어!”

“제가 챙길 테니 먼저 나가세요! 제가 다 정리할게요! 어서요! 손님들도 건물 밖으로 나가주세요!”

나는 내가 호들갑을 떠는 건 아닐까 싶었지만, 그렇게 5층 식당가 사람들 대부분을 내보냈고, 손님들도 많이들 빠져나갔다. 이 와중에도 음식을 다 못 먹었다며 환불을 요구하는 손님도 있었다. 나는 다시 관리사무소에 전화를 걸었다.

전화벨이 다섯 번 울렸다.

그리고 무너졌다. 세상이 무너졌다. 천장이 내려앉음과 동시에 바닥이 내 몸을 삼켰다. 이

 눈물채집자

것이 기억 속에 남은 마지막 선택이었다.

컬렉터가 되기 전의 마지막 선택이었다.

*

그의 동공과 호흡은 내가 컬렉터라는 사실을 고백하기 전과는 완전히 달라져 있었다. 순간 내일 프로젝트에 대한 걱정이 스쳐 지나갔지만, 이 고백은 내가 오늘 반드시 해야 할 이야기의 첫 줄이었다.

나는 그에게 말했다. 계약철회요청서를 쓴 컬렉터들이 어떻게 우리 조직에 들어오게 되었는지, 사직서가 단 한 번도 채택된 적은 없다는 사실, 그리고 왜 우리가 존재할 수밖에 없는지를 설명했다. 더 이상 흡수되지 않는 스펀지에 내가 계속 물을 붓고 있는 것은 아닐까 하는 생각도 들었다. 그는 질문이 많아졌다. 나는 어린아이의 질문에 답하는 아버지처럼, 표정과 목소리를 조심스럽게 다듬어가며 하나하나 대답했다. 반복되는 비슷한 질문에도 나는 똑같은 표정과 목소리를 유지했다.

B의 질문은 계속되었고, 이번 프로젝트의 진실을 묻는 말이 B의 입에서 물음표를 달고 나왔다. 나는 택시를 타고 오며 스쳐 지나간 호수를 떠올렸고, 그곳에 가자고 조심스레 제안했다. 조금 전 B의 질문에 대한 답변은 그렇게 미루었다가 하는 게 좋겠다 싶었다. 스펀지에 스며든 물을 증발시킬 수 있는 시간이 필요했다.

"그 얘기는 산책하면서 해도 될까요?"

가까이서 바라본 호수는 밤이어서 그런지, 낮과는 다른 결로 차분하게 도시에 내려앉아 있었다. 호수를 바라보고 있는 벤치에 그를 차분하게 앉혔다. 나 역시 호수의 파문처럼 잔잔하게 말을 이어갔다. 우리 조직의 목표, 그리고 그 목표를 달성하기 위한 전략의 진화 부분을 설명했다. 나도 처음부터 진화된 전략에 동의한 것이 아니라는 점도 분명히 했다. 하지만 이 세계의 순환 시스템에 집중해서 생각해 보면, 결국 선택지는 다름 아닌 이 프로젝트 하나밖에 남지 않는 점을 강조했다.

"슬픔으로 만들어진 이 세계를 반드시 멈추어야 해요! 내일의 성공이 바로 첫걸음이 될 것이오."

내가 캠프로 돌아오고 한참 지난 뒤에 B가 들어오는 소리가 들렸다. 나는 눈을 감았다.

＊

아침 7시. 팀원 두 명이 캠프에 도착했다. 가벼운 인사, 그러나 단단한 눈빛으로 서로를 확인한 뒤, 곧바로 훈련을 시작했다. 합류한 두 명도 화상회의와 온라인을 통해 오래전부터 같이 준비했던 터라, 이질감 없이 훈련이 이어졌다. B의 컨디션도 나쁘지 않았고, 집중도도 어제와 다르지 않았다. 그는 이 프로젝트를 반드시 성공시킬 것이고, 어떠한 희생도 막아낼 것이다. 키퍼의 희생도….

"오전 훈련은 여기까지 하겠습니다."

오후 훈련도 단 1초의 오차도 없이 완성되었다. 훈련이 끝난 뒤, 오늘 합류한 팀원들을 차례로 찾아가 격려의 말을 건넸다. 마지막으로 B

의 방에 섰다. 걱정이 되어 찾아간 것은 아니었다. 오히려 그와의 대화를 통해 내 안의 긴장을 조금이나마 덜어내고 싶었던 것인지도 모른다. B가 채집한 눈물, W가 바다에 보낸 그 SW14 한 방울, 삼백사분의 일은 우리 딸의 그것도 녹아 있을 것이다. 그래서였을까? 그 SW14를 채집한 컬렉터여서 그랬을까? 어제 그와의 대화 시간을 길게 늘린 이유가 그것 때문이었는지도 모른다. 오늘은 짧은 인사만 나누고, 조용히 방을 나왔다.

긴장이라고 표현하는 것이 꼭 정확하다고는 말할 수 없다. 어쩌면 그것은 선택에 대한 두려움에 더 가까운 것일지도 모른다. 무엇을 얻을 수 있는가보다, 무엇을 잃게 될 것인가에 대한 두려움. 어쩌면 우리 바하르의 숙의 과정은 결국, 어떤 것을 잃을 것인가의 목록을 만드는 선택의 시간이었는지도 모른다.

약속한 시간이 다가왔다.

나는 캠프 지하로 내려갔다. 팀원들은 지하와 연결된 주차장에 세워 둔 승합차에 장비를 옮기

　눈물채집자

고 있었다. 나는 그들의 준비가 끝날 때까지 지
켜보고 있었다. 준비가 끝나자 팀원들은 내 앞
으로 모였다. 앞에 서 있는 팀원들의 눈빛에 내
눈빛을 눌러 겹쳤다.

우리의 프로젝트는 순환의 고리를 끊어내는,
필연의 거룩한 작업이다. 순환의 고리는 슬픔이
다. 그 고리를 끊어내지 못한다면, 우리는 슬픔
의 노예나 다름없다.

"바하르는 이 세계의 본질을 가장 정확히 꿰
뚫어 본 유일한 조직이오. 우리는 슬픔으로 유
지되는 순환 구조를 인식하고 있소. 희생과 착
취로 이어지는 지구의 시스템을 확인한 것이오.
우리는 허무주의자도 아니고, 데스페라도는 더
욱 아니오. 우리는 슬픔이 희생되는 이 세계를
멈추기 위해 존재하는 사람들이오. 눈물로 지속
되는 이 세계를 오늘 멈추게 할 것입니다!"

*

팀원들이 탄 검은색 승합차가 빛을 밀어내듯

주차장을 빠져나갔다. 빛이 빠져나간 자리에는 어두운 공기가 다시 채워졌다.

나는 곧바로 모바일앱으로 택시를 불렀다.

그곳을 꼭 가보고 싶었다. 그곳이 7명의 컬렉터가 산 채로 매장되어 죽음의 바다가 된 사해(死海)를 어떻게든 닮았다고 생각했다. 소금을 만드는 자들을 소멸시키려고 했던 오래전 '카이'와는 다른 역할이지만, 그 끝이 연결되어 있는 것 같다는 생각도 들었다. 처음부터 하나의 선이었는지도 모르겠다.

그 호수는 바다와 연결된 인공 호수였다. 처음에는 담수호였지만, 지금은 바닷물이 유입되어 바다의 환경으로 바뀐 것이다. 담수호였을 때 호수는 죽어가고 있었다. 악취와 함께 썩어가고 있었다. 그러나 기수역(汽水域) 형태로 바닷물이 유입되면서 호수는 다시 살아났다. 간조와 만조가 생기고, 다양한 바다 생물이 살게 되었다. 호수는 바다가 된 것이었다. 결국, 슬픔으로 채워져, 출렁이게 된 것이다.

콜택시가 집 앞에 도착했다. 뒷좌석 문을 여

    눈물채집자

는 나에게 기사는 목적지를 확인했다.

"시화호, 반달섬으로 가는 거 맞으시죠?"

택시 기사의 확인은 이 늦은 시간에 거기를 왜 가느냐는 질문이 포함된 거 같았다.

"지금, 서울 난리예요! 젊은 사람들 엄청 죽은 거 같더라고요. 뉴스도 온통 그 얘기예요! 뉴스 봤어요?"

차 문을 닫자마자, 출발하기도 전에 기사는 흥분하며 뉴스를 기자처럼 쏟아냈다. 라디오를 켜도 되느냐고 묻고는 대답도 듣지 않고 바로 라디오를 켰다. 내 대답이 필요하지 않은 질문이었다. 서울의 축제 현장에서 벌어진 참사가 차 안의 여러 개 스피커를 통해 쏟아져 나왔다. 속보는 사고 발생 사실과 다수의 사상자, 그리고 현장 혼란을 다급하게 전하고 있었다. 기자의 떨리는 목소리가 내 심장과 공명했고, 심장도 다급하게 뛰기 시작했다. 거리 곳곳에서 심폐소생술이 이루어지고 있다는 설명이 이어졌다. 'CPR 자격증 소지자 도와주세요!', '의식을 잃은 수많은 사람들이 바닥에 누워 있습니다!'

그 순간, 라디오의 소리가 멀어지듯 희미해졌고, 내 귀에는 작은 소리들이 겹쳐서 들리는 듯했다. 애써 집중하려 했지만, 스피커 여러 개가 같은 내용을 반복해서 말하는 것 같았다. 나는 소리를 포기하고 휴대폰을 꺼냈다. 경찰과 소방관이 구조 작업을 벌이고 있다는 문장 아래, 사망자 수 59명이라는 숫자가 굵게 떠 있었다.

공항에 도착했을 때, 부양했던 8년 전 참사의 기억이 지금 또다시 시야에 보이는 모든 것을 사라지게 했다. 눈과 귀는 현재의 나로부터 떨어져 나가 과거의 그날에 가 있는 것 같았다.

'멈추어야 해!'

며칠 동안 나를 짓눌렀던 선택의 무게로부터, 마침내 자유로워지는 순간이었다. 후회할까 봐 두려웠던 것들로부터 자유로워졌다. 내가 후회하게 될 것은 그 선택이 최선이었는가, 아니었는가가 아니다. 진짜 후회는, 그 선택으로 인해 내가 무엇을 하지 못했는가에 있을 것이다. 나는 다시금 조직의 책임감 앞에 서 있었다. 그리고 그 책임감은, 나를 또 한 번 각성시켰다.

 눈물채집자

‘슬픔으로 유지되는 이 시스템을 반드시 멈추어야 한다!’

바다가 느껴진다. 고속도로를 빠져나와 대단지로 보이는 아파트를 지나고, 공단처럼 보이는 커다란 건물이 나타나면서, 좌측 너머에 바다가 있음을 느낀다. 불빛들이 사라진 시야에 가득 찬 어둠의 공간이 그곳이 내륙이 아니라 바다임을 말해주는 것일까. 바람 속에 스며든 마른 눈물의 짠내가 방향을 가리키는 걸까? 택시가 달리는 반대편 차도 너머에 바다가 있음을 확신한다. 택시는 이제 목적지에 거의 다다른 듯하다. 좌회전을 하자, 잘 정비된 구역에 띄엄띄엄 들어선 주택들이 눈에 들어왔다.

“어디에 세울까요?”

“여기 내려주시면 됩니다.”

지도 앱을 열었다. 예상했던 방향 그대로, 주택가 바로 너머에 바다가 자리하고 있었다. 나는 평소보다 빠른 걸음으로 주택 사이를 지나 바다 앞에 섰다. 사해를 닮은 인공 호수… 나는 바다와 과거와 기억과 마주하고 있다.

*

비가 내린다.

우산을 준비하지 못했다. 나는 그저 비를 맞으며 바다 앞에 서 있다.

한참을 보고 있으니, 하늘이 바다가 되고, 바다가 하늘이 된다. 하늘이 바다고 바다가 하늘이다. 바다가 내린다. 고개를 드니 빗방울이 따갑도록 눈 안에 가득 들어온다. 나는 고집스럽게 눈을 감지 않으려고 했다. 눈동자가 녹아 눈물이 되어 흘러내릴 것만 같았다. 도드라진 상징 속에 사는 자에게 나는 소리 나지 않는 말을 내뱉었다. *왜 구하지 못했느냐고…* 하늘이 아니, 바다가 거칠게 신음한다. 몇 번을 그렇게….

갑자기 초 타는 냄새 같은 것이 콧속으로 쑤욱 들어왔다. 잔잔한 불빛이 바다 위의 무수한 원들을 언뜻언뜻 비춘다. 바다 아래에서 쏟아져 올라오는 원인지, 하늘에서 떨어지는 물방울의 마지막 흔적인지, 모호해진다. 그 원들 중심으로부터 떠오른 냄새일까? 나는 분명히, 초가 타

　　　　　　　눈물채집자

는 냄새를 맡았다.

바다와 하늘의 경계가 사라진 그 시간, 눈물로 채워진 바다와 하늘의 몸은 하나의 몸처럼 출렁였다. 나는 다시 휴대폰을 꺼내 본다. 하루의 경계가 넘어가고 있었다.

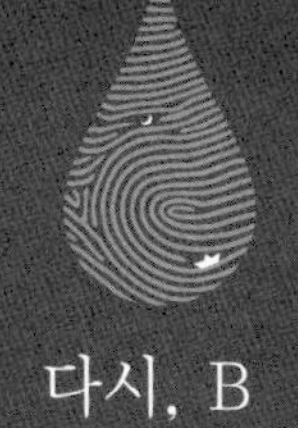

다시, B

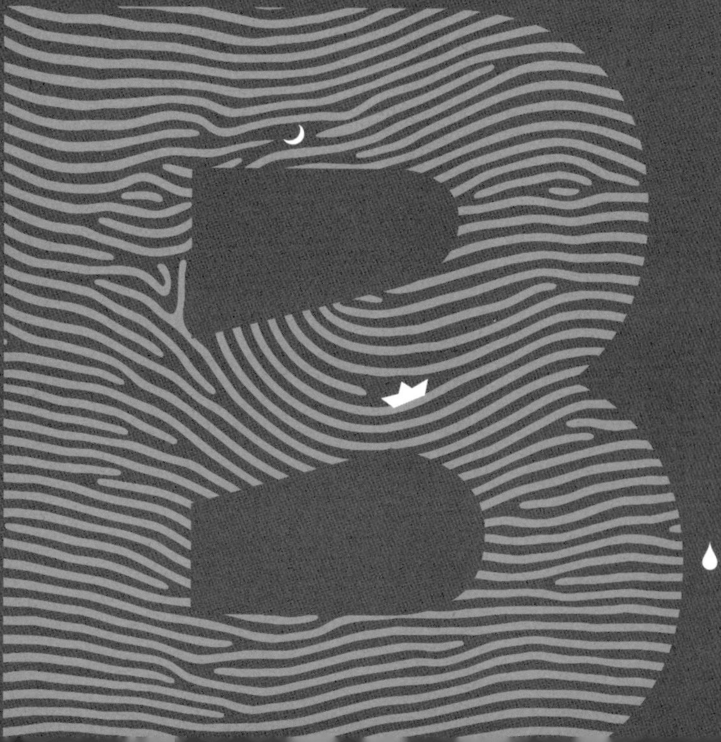

다시, B

　누군가 다시 아침의 스위치를 올렸다. 방 안으로 쏟아져 들어온 빛은 어제와 닮은 듯했지만, 어제의 흔적은 어디에도 없었다. 마치 색온도가 다른 전구를 갈아 끼운 것 같은, 낯선 아침이 켜졌는지 모르겠다.

　옷을 벗듯이 과거를 벗었지만, 결국 새로 입은 시간도 똑같은 디자인, 똑같은 색이었다.

　옷이 곧 피부가 되어버린 듯, 영원히 벗어날 수 없는 직업. 나 스스로 사표를 낸다 해도, 그것의 최종 허가는 타인으로부터 결정되었다. 내 의지와 상관없는 퇴직. 난 운명처럼 주어진 직업을 부정했었다. 나를 표현할 수 있는 몇 안 되는 단어 중 하나, '컬렉터'를 부정하고 있었다.

어쩌면, 오랫동안 자신과 다투고 스스로를 부정하던 과거의 나와 이제는 화해라는 것을 할 수 있을지도 모르겠다. 다시 켜진 오늘은 그런 아침이었다. 만약 반지의 기능이 되살아난다면, 과거처럼 코발트 빛이 제멋대로 빛나지는 않을 것이다.

18시간 뒤면 그녀를 만날 수 있을까?

아침 일찍 직원 두 명이 캠프에 도착했다. 아니, 전직 컬렉터 두 명이 도착했다. 이로써 우리 캠프에는 컬렉터가 총 다섯 명이 모였다. '바하르의 핵심 인력이 컬렉터 출신이라니…', 그것도 카이까지 말이다. 현재로는 이것이 우리 바하르 조직을 나타내는 맨 위 장의 이미지다. 세상은 아직 어색했고, 어제의 투명함은 오늘 아침도 그것과 다르지 않았다. 매일 보던 팀원이 새삼 반가웠고, 마치 술자리에서 서로의 과거를 술잔에 담아 다 털어 마신 듯한 친밀감이 들었다.

"나를 왜 이렇게 자꾸 쳐다봐? 이봐! 표정은

또 왜 이래?"

오랜 시간 함께한 팀원을 바라보는 내 눈빛이 달라진 것을 그가 느꼈을까. 오늘 새벽 투명함이 절정에 다다랐을 때, 나는 결심했다. 그 결심은 밀레니엄 수학 문제의 해를 구한 것과 같았다. 영원히 풀리지 않을 것 같았던 바하르의 목표와 나의 신념 그리고 카이의 계획이 만들어 낸 방정식의 해를 구한 것이나 다름없었다. 억지로 삼킨 것을 게워 낸 듯 속이 편안해졌다. 속은 편해졌지만, 하지만 마음은 이내 무겁게 가라앉았다. 결심을 팀원들에게 설명하거나 설득할 시간도, 이유도, 방법도 마땅하지 않았기 때문이다. 그것은 단순한 미안함이 아니라, 죄책감의 무게로 가라앉고 있었다.

"아, 아니, 아니야."

"긴장이 되는 거군? 걱정 마! 이 정도 연습이면 우리 프로젝트는 반드시 성공해. 희생되는 사람은 아무도 없을 거야!"

"그래, 희생되는 사람은 없어야 해…."

우리는 아침부터 각자의 역할에 따라 연습 또

 눈물채집자

연습 그리고 모의 훈련이 진행되었다. 어제와 달리 카이는 말을 아꼈다. 그는 수정된 부분에 대해 반복과 집중을 요청해 왔다. 나는 최대한 그의 눈빛과 겹치지 않으려 애썼다.

이번에도 해킹을 성공적으로 진행했다. 그러나 어제의 연습과는 분명한 차이가 있었다. 그 분명한 차이라는 것은 아침이 오기 전 결심에 따른 결과물이었다. 나는 오전에 진행한 세 번째 훈련 중에 아쿠아리움 보안 서버에 악성코드 하나를 심었다. 보안 프로그램이나 백신 프로그램에서 쉽게 발견할 수 있도록 악성코드 하나를 흘렸다. 나의 맹목성을 철회하기로 한 것이다. 컬렉터를 더 이상 할 수 없다고 결심했던 그날처럼 말이다. 내가 풀어낸 방정식의 해는 바로 이것이었다. 동료 한 명은 엄지와 검지로 동그라미를 만들어 보였다. T 클라우드에 접속이 성공했다는 사인이었다.

"오전 훈련은 여기까지 하겠습니다. 오후에는 복면을 착용한 상태에서 한 번 더 진행하겠소."

오후에 복면을 착용하고 진행한 훈련은 한

번이 아니라 네 번 더 진행되었고, 모든 준비는 끝났다. 나의 준비도 끝났다. 2시간 남았다.

"잠깐 들어가도 되겠소?"

"네!"

카이는 어제처럼 내 방에 들어왔다. 나는 책상 서랍도, 그 어떤 것도 정리하고 있지 않았다. 그는 내가 걱정이 된 모양이었다.

"괜찮은 거지요? 혹시 불편하거나 작전을 수행하기 어려운 심정이라면 편하게 얘기해 주시오. 내가 그 역할을 대신할 수 있소."

나는 프로젝트를 수행하는 데 아무런 문제가 없다고, 이 역할은 내가 가장 잘할 수 있다고 대답했다. 그는 오해할 것 같아 얘기한다면서 '우리 조직의 방향 설정에 있어, 저의 슬픈 감정 어느 한 조각도 개입된 바 없음을 밝히고 싶소.'라고 했고, 나는 그런 비슷한 생각조차 없었다고 했다. 카이의 오해가 두려운 것은 오히려 내 쪽이었다. 그는 미안할 정도로 편안한 미소를 지었다.

"그럼, 정시에 출발합시다!"

눈물채집자

계획된 시각에 우리는 검은색 승합차에 올랐다.

드디어 그녀를 만나러 간다.

도시는 하루의 경계 끝자락에서도 쉽게 식지 않았다. 불빛은 여전히 살아있었고, 밤공기는 온기가 있을 것 같았다.

그런데 갑작스레, 모든 소리를 잠재울 듯한 사이렌이 밤공기의 흐름을 바꿔놓았다. 나는 순간 움찔했다. 멀지 않은 곳이었다. 경찰차인지, 소방차인지, 혹은 구급차인지 알 수 없었지만, 사이렌이 다급하게 우리를 찾는 게 아닌가 싶었다. 당황한 눈빛으로 팀원들을 바라봤다. 비슷한 두려움이 서로의 표정을 찾고 있는 듯했다. 그러나 그 소리는 우리로부터 점점 멀어졌고, 이내 도시는 무언가를 감추듯 의미 없는 소음이 다시 채워졌다. 다급한 사이렌 소리의 목적지는 우리가 아니었다. 우리의 승합차는 도시의 소음을 가르며 목적지인 롯데월드타워 근처에 도착했다. 아쿠아리움 청소 용역업체로 위장한 우리의 침입은 공기 위를 미끄러지듯 순조롭게 진행되었다. 수없이 계산된 경우의 수와 반복된 훈련의 결과였다. 나는 태블릿 PC를 꺼내 아쿠아리움으로 향하는 통로의 CCTV를 통제했다.

그녀의 모습이 CCTV 화면에 나타났다.

8년 만이었다. CCTV의 해상도와 태블릿 화면의 픽셀 너머로 더 선명하고 생생한 감정선이 올라왔다. 그녀는 거기 있었다. 나는 숨을 고르며 화면을 응시했다. 깨어난 감정을 다시 잠재워야만 하는 순간이었다.

나는 카이에게 키퍼가 수면 상태가 아니라고 보고했다. 그는 키퍼가 깨어있을 때의 플랜으로 진행할 것을 허락했다. 나머지 팀원들도 각자의 역할을 차례차례 정확하게 수행했다. 통로를 확보하고 장비를 다시 한번 점검했다.

나는 아쿠아리움 구역에 도착하기 전에 우리 모두가 발각될 것이라 예상했지만 아무런 저항도 없었다. 경고음 하나 울리지 않았고, 어떤 조치도 취해지지 않았다. 어떻게 된 것일까? 내가 오전 훈련 중에 심어 둔 악성코드가 발견되지 않았던 것일까? 결국 W가 있는 사무실 철문 앞에 도착했다.

우리는 모두 노란 복면을 쓴 채였다.

침투는 연습보다 훨씬 수월했고, 상황 장악도 마찬가지였다. 예상대로 W는 반지를 빼려고 했지만, 나는 그보다 빨리 그녀의 왼팔과 왼손을 제압했다. 반복된 훈련이 만들어 낸 결과였다. 그녀의 얼굴을 제대로 볼 수 없었다. 복면 너머로 차오르는 눈물을 계속해서 참고 있었다. 변하지 않은 육체는 오히려 그녀를 더 그립게 만들었다. 그녀는 여전히 그 모습이었다. 나는 테이프로 그녀의 입을 막고 조심스럽게 의자에 앉혔다. 최대한 팔이 아프지 않도록 최대한 부드럽게 뒤로 젖힌 뒤, 손과 팔을 테이프로 의자에 단단히 고정했다. 동료는 T 클라우드에 접속이 완료되었다는 사인을 보냈다. W의 발목도 테이프로 마저 감았다.

아무도 오지 않는 것인가? 아무도 눈치채지 못한 것인가? 그녀의 희생을 막은 것으로 위로를 해야겠다는 생각에 이르렀을 때, 사무실 철문이 열렸다. 블랙 슈트 차림의 남자가 문을 밀고 들어왔다.

"기다리고 있었다!"

그의 손이 허공을 그었다. 순식간에 소금 결정들이 창(槍)의 형태로 응집되더니, 팀원 두 명이 쓰러졌다.

그는 아쿠아리움 보안요원이 아니었다. 그는 컬렉터였다. 나는 너무 놀라 반사적으로 총을 꺼냈다. 그러나 그 블랙 슈트는 또다시 소금 창을 만들었다. 어떤 생각의 속도보다도 더 빠르게 그 창이 내 가슴에 닿았다.

＊

가슴에 꽂힌 소금 창이 느껴졌다.

통증하고는 아주 먼 감각이었다. 감각의 이탈이 맞을 것이다. 온몸에 힘이 빠져나갔다.

나는 쓰러지면서 남아있는 힘으로 최대한 그녀를 향해 손을 뻗었다. 나의 손끝이 그녀의 어깨에 살짝 닿았다. 너무도 가볍게 그리고 그녀에게 아무런 의미도 주지 못한 채, 닿았을 뿐이다.

쓰러지는 찰나는 찰나가 아니었다. 시간이 갑

자기 느려졌다. 누군가 시간의 엑셀에서 발을 떼고, 시간의 속도를 늦춘 것 같다.

W의 놀란 눈동자가 보인다.

그녀의 동공이 커지는 순간도 아름답다.

나는 바닥에 누워 눈을 깜빡이지 않고, 이 세계에서 소멸하는 나의 시간을 본다. 몸은 점점 가벼워지고 중력이 느껴지지 않는다. 어디서부터라고 할 수 없이 감각이 하나둘 꺼져갔다.

컬렉터들이 소멸할 때 살아 있었던 시간으로 돌아갈 수 있는 기회가 주어진다고 했었다.

눈앞에는 SW 타워가 있는 공간처럼 은빛으로 가득 차오르면서, 도서관의 서가에 꽂혀 있는 책처럼 시간의 목록이 펼쳐졌다.

불행을 막을 수 있는 순간이 아니라 가장 행복했던 순간을 찾아야 하는 것일까! 가장자리가 낡은 시간 한 장이 선명해진다. 시간의 목록에서 이미지 한 장을 선택하고 나니, 이제 시야가 너무 밝아져 눈이 부시다.

슬픔이 태어난 그 어둠의 깊이를 지나면, 빛 하나가 어둠에 짓눌려 힘겹게 심해를 밝히고 있다. 고요하면서도 강력한 밝음이었다.

그 빛은 씨앗이었다.
슬픔이 태어난 곳이었다.

그곳으로,
그곳으로….

                                                    눈물채집자

작가의 말

눈 덮인 대지를 걷고 있다.

앞서 지나간 발자국 위에 내 발을 포개며 걷는다. 발자국의 크기는 내 발의 크기보다 조금 작아서, 지나온 발자국의 흔적은 또렷해지기보다는 조금씩 발자국의 모습을 잃는 듯하다. 내가 걷는 눈 덮인 대지는 그럴 리 없겠지만, 사막이 눈으로 덮인 풍경에 가깝다. 어떠한 색도 허락하지 않았다. 지면의 높고 낮음도 구분하기 어렵다. 얼마 동안 발자국을 따라 걸었는지 모르겠다. 이 발자국을 처음 발견한 지점도 기억이 없다. 나는 소설 속 주인공이 되었다. 이 대지에 그어진 한 줄 너머에서 어쩌면 일각수를 만날 수 있을 것만 같다. 나는 끝날 것 같지 않은 이 눈길을 계속 걷는다.

잠시 멈춰 섰다.

얼마 전 지하철 차량 안의 맞은편에 앉아 있던 40대 후반의 여인의 표정이 떠올랐기 때문이다. '사랑하는 이를 잃은 표정이란 어떤 걸까?' 그 여인의 표정이 내 눈에 그렇게 맺혔다. 어제

뉴스에 나온 참사 희생자의 가족일지도 모른다
는 생각이 스쳤다.

　나는 멈추었던 걸음을 다시 시작했다.

　풍경은 여전히 사막에 눈이 내린 형상이다.
대지에 그어진 줄이 자꾸 멀어져가는 느낌이 들
었다. 앞서 간 발자국의 보폭이 줄어들었다. 발
자국을 맞추다가 그만 리듬이 흐트러지면서 옆
으로 넘어졌다. 눈 위에 유일한 흔적인 발자국
모양과는 전혀 다른 형상의 자국이 생겼다. 순
간 지나가던 행인의 눈이 떠올랐다.

　행인을 만난 것은 점심시간이 조금 넘은 눈부
신 오후였다. 그 행인은 눈물을 흘리며 내 옆을
스쳐 지나갔다. 이번에는 50대로 보이는 남자
였다. '연신 흐르는 눈물은 사랑하는 이를 잃은
그것이 아닐까?' 내 주위를 스쳐 지나간 기억하
지 못하는, 기억할 수도 없는 무수한 사람들이,
어쩌면 사랑하는 사람을 잃은 무수한 사람들일
수도 있었다. 이런 생각에 닿자 나는 새로운 사
실을 알아차린 사람마냥 가슴이 두근거리기 시
작했다.

　　　　　　　　　　　눈물채집자

그것은 '발견'이었다.

이 땅의 많은 사람들이 내 머릿속에서 순식간에 두 부류로 나뉘어졌다. 이미 사랑하는 이를 잃은 사람, 그리고 언젠가 반드시 사랑하는 이를 잃을 수밖에 없는 사람. 그들 중 많은 이들은 그 죽음을 이해하지 못한 슬픔으로, 지하철 차량 안 좌석 맞은편에 앉아 있거나, 길 위를 지나가는 행인의 모습으로 존재한다. 두 부류로 나뉘었지만, 결국은 같은 시간의 길을 걷고 있는 것이었다.

나는 왜 이 흔적을 쫓아 걷고 있는지 알 수 없지만, 이 여정의 끝에 도착하게 된다면 그 대답을 이 눈 덮인 사막이 대신해 줄지도 모른다.

그런데 어느새 발자국이 보이지 않았다.

눈이 녹아 어느새 마른 땅이 드러났다. 저 멀리 땅 위에는 초록의 새싹도 돋아났는지 푸른 빛도 군데군데 보였다. 쫓던 일을 멈추고 바닥에 앉았다.

다시 겨울이 오겠지.

그리고 다시 눈이 내리고 이 땅은 아무 일도 없었던 것처럼, 아무것도 기억하지 못하는 것처럼 하얗게 지워지겠지.

다시 내리는 눈은 그 발자국을 기억하고 있을까.

그래서 내가 쫓고 있는 이 연결의 고리들을 찾게 될까.

그때는 한 줌의 위로라도 건넬 수 있을까.

*

눈이 내리고 눈이 녹고, 다시 눈이 내리고 다시 눈이 녹고… 수십 번이 반복되는 동안 내 꿈을 나처럼 기억하고 있을 아내 지현에게,

고백의 말을 고르는 서툰 연인처럼 원고 속을 헤매던 나를 문장 밖으로 이끌어준 아들 태하에게,

그리고 아들의 문장들 사이에서 가장 먼저 눈물을 발견하실 어머니 황명희 여사께

이 종이 위에 나의 생애를 담은 깊은 감사의 인사를 전합니다.

끝으로, 이 책이 세상과 연결되도록 기꺼이

     눈물채집자

고리가 되어준 고마운 분들을 떠올립니다. 어쩌
면 나보다 더 기쁜 마음으로 이 책과 마주할 이
름에게도 깊은 사랑과 감사를 전하고 싶습니다.

2026년 1월 9일

김철우

눈물 채집자
주요사건 타임라인

2003.2

컬렉터 탄생

G

2004.10

컬렉터 탄생

B·W

※1994년10월21일
  성수대교 붕괴사고

2021.1

컬렉터 탄생

S

※2001년 1월 26일
  일본JR신오쿠보 역
  한국인 의인

2022.10

바하르 2차 프로젝트

성수대교 참사
1994
10.21

1995
6.29
삼풍백화점 참사
1996.6
컬렉터 탄생
Kai

대구지하철 참사
2003
2.18

2014
4.16
세월호 참사
2014.4
눈물채집
B

2014.12
눈물채집 중단
B

2017.7
바하르 입사
B

2020.10
바하르 1차 프로젝트

이태원 참사
2022
10.29

눈물채집자

초판 1쇄 인쇄일 2026년 03월 03일
초판 1쇄 발행일 2026년 03월 23일

지은이 김철우
펴낸이 양옥매
디자인 noogak
마케팅 송용호
교   정 정혜성

펴낸곳 도서출판 책과나무
출판등록 제2012-000376
주소 서울특별시 마포구 방울내로 79 이노빌딩 302호
대표전화 02.372.1537   **팩스** 02.372.1538
이메일 booknamu2007@naver.com
홈페이지 www.booknamu.com
ISBN 979-11-6752-774-5 (03810)